U0556919

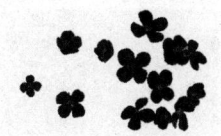

waiting for
the letter

等 信 来

钱红丽　著

上海三联书店

目 录

001 　之一
不知道为什么，忽然要给你写信

《诗经》里写：昔我往矣，杨柳依依。今
我来兮，雨雪霏霏。这几句，真是太好了。
讲时间流逝，讲得这么美。但，到底也
有难言……

010 　之二
这样薄阴薄晴的天气

一个人的童年视觉决定了他日后究竟能
走多远。写作这样的体力活，不是说你
有多勤奋，就能收获什么，它依仗的是
一个人的体量与脚力。

017　　之三

一点遥遥的忧愁

古诗的好处，在于它的自持与婉转。痛
苦的根源，大抵都是才华配不上梦想。

024　　之四

眼里的星空与明月

仿佛一个人的内心有许多苦水，尽情地
趁着春天倒出来……文学的意义何在？
人生的意义又是什么？原本都没有意义，
是我们偏要赋予它意义。

031　　之五

不朽的东西

一天天，每个人都是这么平凡地活着，
原本没有任何意义。就这么活着！人世
向来如此——我们去生，去死，什么都
不留下，风一样，吹过来，吹过去。春
天来了，春天又走了。

041　　之六

活在世上，谁不可贵呢

汪曾祺的水墨画，虽有烟火气，但，始终高格，叫你分外热爱生活。无论行文，还是绘画，始终透着一种无为的闲适，是船行海上，不见万丈波涛，永远是风推着白帆，徐徐而行……他惜力，肯借力，自己不累，读者看着更不累。

048　　之七

人世平常安静

人的丛林里，无论从事哪一个行当，屹立不倒的，拼到最后的，还是品行。这个世界上，聪明人太多了，老实人便成了稀缺资源。

056　　之八

山野与微风可培养巫师

我爱你，但与你无关。这样的性情特别令人伤痛，仿佛吃自己的肉，喝自己的血。

066   之九

木匠不要说话，让家具自己发言

一个作家，并非成功人士，他只是一个
独立的观察者，表达者，他用他的思想
和文字去喂养读者就可以了，别的，不
必做得过多。

074   之十

这荒无一人的涧清寥落

人与人的陪伴，终归是短暂的，唯有植
物，唯有山水自然，对于人的陪伴才是
永恒不灭的。

082   之十一

因为古拙

临睡读萧红，她在小说里写：满天星光，
满屋月亮，人生何如，为什么这么悲凉。

090 　之十二

造物送给人类的礼物

桐花也开了，可惜无缘得见。《子夜歌》写得真是好——桐花万里路，连朝语不息。

098 　之十三

一个满是悲伤的人静而不发

音乐是没有边界的，它只有纵深，它比绘画和文学更要高级。

105 　之十四

没有永恒不变的东西，除了四季

这样的四季，一环套着一环，扣得紧紧的，从不失信于人，几千年的农事都愿意依附于四季的转换，蕤葳不息，这就是亘古吧。

111   之十五
文字体现一个人的心性

人活到后来，一颗易感的心，披风沥雨，
慢慢地，也钝了，锈了。

120   之十六
我站在岸上，一次次看见了空无

我们每一个人都是一座孤岛，四季的更迭
中，默默地生长，到了春天就开花，秋天
就结果子，简单，浑沌，淳朴地轮回着。

131   之十七
瘦是一种诗性气质

这样的一条生命，生又何苦，死又何
惧呢？

139   之十八
快乐可以洗涤人

两个天才在一起，彼此灵魂交迭的日子，
注定短暂。

146   之十九

大江茫茫去不还

文采这个东西，写到一定的境地，原本
可有可无。一个人写到后来，需要格局、
眼界，以及巨大的体量来架构——文采
呢，不过是一种溪流的跌宕多姿。

154   之二十

静气令一切来到眼前

这样的节气，总是跟农业有关，跟土地、
自然休戚与共，空虚发声，满盈静默，
它让我一年年里学习自制，保持平静。

164   之二十一

人性和人的困境总是恒一的

东方式的哲学永远指导人好好地活下去，
让你浑然不觉地冷淡地漠然地活下去。
西方的艺术形式偏向于思考，用来冶炼
人的深刻性，让你洞悉身处的困境，永
远走不出去的困境，然后呢，也还是要
好好活下去……

之一

不知道为什么，忽然要给你写信

H君：

不知道为什么，忽然要给你写信。

入春以来，内心有许多层层叠叠的东西翻涌，搅得人寝食难安，不把它们表达出来都难受死了。

我们这里刮了一天一夜的大风，早晨起来，天色成了金属一样的钴蓝，忍不住出去跑步。跑着跑着，换气的空档，脚不听使唤地，又走到菜地去了。就是我曾经跟你说过的那一大片菜地……

几日不见，又有两样。小青菜秧子真绿，绿得淌油，大蒜畦里插花点播了菠菜，芫荽，茼蒿，看着那么可爱，绿油油的，矮矮的，好像集体趴在地上舔什么东西吃。向阳的坡地上，油菜花开了，阴面的还是鼓着绿惨惨的花苞，特别壮硕……这个时候若不想要油菜籽，直接把嫩头割下来腌着吃，也好。

就是喜欢闻菜地里的味道，蔬菜大面积散发出的那种舒霍的气味，形容不好的，直往肺腑里钻，清新动人，默默地，有一些震颤——去年秋天，坐车去杭州，每一个小站都停，忽然听见一句"丽水站到了"，整个人一激灵，仿佛被开水烫了一下，简直跳起来——这不是张爱玲到过的小城吗？无数情绪翻涌，风起云涌地交集……等车停稳当，我把头伸出去看，站牌上写的却是"溧水"，江苏的一个小县城。大失所望。我都已经把自己的情绪放逐了，可能会铺开，肆意一片，可惜到头来，还是错了。

你说，一个作家的东西，该有多么影响她的读者啊。在我的经验里，丽水，永远是一座美丽的小城在那里放着宝光。这就是一个作家赋予一座城市的意义吧，即便那时候经过它的那位作家并不有多开心。

你可记得老家有一句大人骂小孩子的话：擒

魂灵？

　　是昨天忽然想起这一句的。春天，人的思绪漫漶。我一遍遍不厌其烦来到菜地，就是一种擒魂灵的极端表现。菜垄间极其窄，必须把脚斜着走才可通过。蹲下来，蔬菜的气味更加浓郁，总是闻不够，尤其春芥菜，有一丝丝辣味，特别醒神，恨不得坐一上午不走。菜地高处有一群钻天杨，一对喜鹊夫妇正在衔枝搭窝，夫妻俩轮流分工做事，一个负责衔树枝，一个站在窝里安排规划，站在窝里的，转来转去的，尾巴太长了，总给人不恰当之感，仿佛干着农活连燕尾服都不舍得脱掉。我们单位东面的空地上常常有一对喜鹊在那里流连，好几年了，都是那一对，我记得他们的，毛色异常漂亮，连续几年，他们都停留在那里，一会儿站在银杏树上呱呱呱地叫，一会儿又落在草地上徜徉……每回下午上班，都能看见它们，无比羡慕，鸟类比人类更加彼此忠诚，守信，克己，本分。下午，人总是懒洋洋的，忽然看见它们，心里有了微微的颤动，有了感念，也不困了。

记得小时候，也是这样的初春，地里的草尚未泛青，也会把牛牵出去，算是晒晒太阳吧。牛吃了一冬的枯稻草，可能吃坏了胃口，等你把它牵到圩埂上，它会低下头啃啃地上的枯草，起码是甜的吧。小孩子无所事事，坐在圩埂上发呆。我家北面遥遥的地方是山，很高的山，初春了，还是苍郁郁的，也不见泛绿；东面圩区，南面丘陵，一村子的菜地都在丘陵上。

我爸从北京回乡下，路过合肥。一位亲戚去世了。这一天一夜，他跟我一直说乡下的事情，乌七八糟的。乡下实行了火葬，也有墓地。便宜得很。我怂恿他也在乡下买一块墓地。这样他们百年以后，清明节的时候我就有理由开车回乡下给他们上坟了。他表示认同。是不是"叶落归根"？我公公一直要把我婆婆的墓地搞到他的老家去，我吓唬他留在城里，那么远，往后可不去给你们上坟。他现在妥协了，说是搞一个衣冠冢什么的也可。老人为何那么在乎死后的事情呢？现在，我终于理解了些他们……

乡下，眼界里空无一物，只有天、地、人，活得自然、舒适。

年少时的世界是浑沌的，天地未开。到了春天，总有一些惆怅，尤其油菜花大面积地开了以后，不知你可记得？放学回来，走在花香里，有欲哭的冲动。那样的情景，我至今犹记。现在分析，可能是幼小的人在无言的美面前，觉出了自身的渺小吧，所以想哭。

夜里上自修回家，许多个月夜……至今回忆，都是无比留恋。星星那么多，那么大，那么密，土路蜿蜒不绝，我们穿过稻田，红花草一片一片的葳蕤，都是香气，当初浑然不觉，只晓得一味往家赶……如今隔了三十多年的时光往回看，简直心惊啊。

一直排斥城市化。城市正在一代代地把人异化了。

你看庄子，是待在城里面的人吗？他的那些著名的比隐大多运用草木鸟兽为隐体，来阐发他的哲学观。孔子就不同，一开始他积极入世，到处推销他的治国理念，最后还是挺尴尬的结局，然后退而求其次，收徒办学，在历史上获得了崇高地位。

孔子也是一个被异化的人，他也是一个异端。自孔子以降，中国一直奉行着儒学，几千年来，人甘愿被异化而不自知，就像我们年少时候，一夜夜穿过月光下的稻田，而不晓得该有多美一样。

每次去野外，看见菜地或者庄稼，都有久别重逢之感，整个身心无来由地舒适，焦虑、紧张等不良情绪不治而愈。

人原本就是自然性的生物，慢慢地有了城市，然后我们就被禁锢了，切断了一种根系，没有了滋养，一代代就这样被异化了，甚至对于季节的转换都无感。我庆幸冥顽的自己，每到春来，对于柳树一寸一寸地发芽至少仍饱有喜悦，我也希望我的孩子可以拥有这样的敏感和纤细的神经，不要过早地丢失掉与自然节序呼应的自然天性。

如今的人，都物化了。但我觉得，做一个有灵魂的人，还是比较有福的。珍视灵魂生活，才会自觉地将物化的自我去除。

我希望晚年能够居到乡下，借居在一个山水互见的小镇，可以望得见少年时代的蓝天，大雾，山岚，稻田，庄稼地……没事，就晒太阳，在田埂上无边无际地走走，慢慢地打发余生……也算一种奢望了。

昨天下午，上班刚出家门，看见一群白头翁停在一棵不大的垂丝海棠上，它们集体不出声，脚爪子紧紧勾住树枝，对着刚长出来的嫩芽东看西看，挺爱惜的样子，我就把车停住，看着它们……阳光瀑布一样地倾泄。那一刻，真是美好。

进入三月，每一天都不一样。天地浑沌未开的样子，柳树慢慢地从葱绿变成鹅黄。我孩子今天早晨说：柳树好神奇啊，一晚上就变得不一样了。我颇欣慰，春天在一个敏感脆弱的幼童心灵上终于刻上了烙印，给予他不同的情怀。

《诗经》里写：昔我往矣，杨柳依依。今我来思，雨雪霏霏。这几句，真是太好了。讲时间流逝，讲得这么美。但，到底也有难言……

你发现没，中国古典的东西，在每一个年龄段读，都会生发出不同的感慨。你看《古诗十九首》里同样有讲时间流逝的诗：思君令人老，岁月忽已晚。

这里不仅讲时间的流逝，也讲感情的流逝，那种晚霞归山的惆怅，特别动人，有许多情绪仿佛是一个个烙印，深深地烙在心上，挥之不去。生命中的每一个阶段，你遭遇到的东西一点点地与古诗词对应起来，想起来，都很奇妙。

有一天，我一个人午餐，把电脑开着放过去的老歌，一首一首地，忽然到了凤飞飞，她唱：离别容易，相见如梦。那一刻，忽然要落泪。听了这么多年，都没有懂得她的深意，忽然一下子，在那天中午懂了。每一次的离别是那么的简单容易，往后若要相见，怕只能在梦里了。

一别永别。

这样的歌好沉痛，说出了人生的无力。歌词那么朴素无华，却把人打动了。

快到"春分"了，每年我都会听一听筠子唱的《春分》，这首歌，她简直是用生命在唱，特别好，忧伤，惆怅，一点点地仿佛把生命融进去，跟自然连成一片。

我们就是一棵棵草，活在被异化的城市里，幸亏还有二十四节气，在日历上提醒着我们，怎样去活、去爱……

时间不早了，我在高压锅里焖煮了骨头萝卜汤，蒸了一点肉肠，没有时间用来炒菜，反正就随便吃点吧。

上午的时间都被我到处走走花掉了，也就是小时候被大人骂作"擒魂灵"那样的四处游荡。

你那里也已经花开了吧。请原谅，啰里八嗦讲了这么些不值得一讲的事。

之二

这样薄阴薄晴的天气

H君：

　　我坐在阳台，在阳光里给你写信。一个朋友说，手足冰凉的人要多晒太阳，尤其晒后背。

　　坚持晒了几日，感受不同。春阳和煦，越晒越暖和，后背起了汗意，人也安静下来。有时什么也不做，只专心晒，仿佛要盹过去，古人修禅莫非如此。

　　冬天的太阳要到正午才会暖和起来，小时候喜欢靠在背风的稻草垛旁晒太阳，妇女们坐在小板凳上纳鞋底，絮话……不时拿针在头上荡一荡，头发棵里冒油，针涩得很，擦了一点油，自然顺滑些，极易穿过厚鞋底……那时候的日子缓慢，贫乏，却感觉不到痛苦焦虑。只要有太阳，都是好日子——人的幸福感源于减少欲望，自足，必然常乐。

童年时代的乡村时光常常来到现世，思之慰藉。

昨天，把家里所有的植物全部搬到露台上。暖气停了，夜里，人体不太适应，像居在冰箱里，冻簌簌的冷。春天的冷，是没有心理准备的冷，身体各部件格外瑟瑟。

露台上空出许多花盆，长满野草，许多叫不出名字，还是拔掉了。做手工活，一做，便上瘾，根本停不下来，阳光晒在后背，暖和，仿佛有寒湿气自体内渗出……蜡梅的花全部落了，几天不见，径直长出新叶，芽尖尖宛如太平雀舌，望之，毛茸茸的柔嫩，真想摘几朵泡茶。

石榴树也萌芽了，紫水晶一样的色泽，芝麻粒那么点大的叶子，布满所有的枝条。柑橘长得太高，花盆显然盛不下它了。每到春来，叶子上总是生一种肥大的青虫，每年都捉住搞死了，第二年照旧——可能是母虫留了卵在叶子背面吧，生生不息的，长相酷似蚂蟥，软沓沓的，看着瘆得慌，但还是强忍住，隔一张餐巾纸包住，捏死。人有一种状态无法琢磨，既非恐惧，也非厌恶，就是不适感，比如看见老鼠、蛇等，这种不适感自会涌上来。

前几天，惊蛰未到，不经意走到湖边，听见蛙鸣，非常有穿透力，叫了两声便沉寂了，令人久久回味，仿佛又一次来到童年。青蛙，有两个品种，灰皮的，我们叫"土洞子"，不大好看，叫声略显粗鲁，像喉咙里堵着一口痰。我们最喜欢绿皮青蛙，歇在荷叶上，人来，扑通一声，跃入水里，两只大长腿一伸一缩的，游出好远，过后，又蹲在荷叶上，打盹，不，是坐禅吧。有隐隐的香气传来——童年的世界永远那么浩渺，堪比仙境，可以在精神上一遍一遍复习它，纪念它——童年终于得到了永生。

还有一种声音，也会让我迅速回到童年——布谷的叫声，那么高远清脆，仿佛自圣洁的天国来：发棵发棵，割麦插棵……然后你的回忆里瞬间就被葱茏的秧田布满，浅白的稻田倒映整个天空，世界一下变得纯洁真挚，又一次俯瞰生命的初处……

一个人的童年视觉决定了他日后究竟能走多远。写作这样的体力活，不是说你有多勤奋，就能收获什么，它依仗的是一个人的体量与脚力。体量是与生俱来的，脚力也许可以靠后天的锻炼——比如马拉松，靠的是脚力，没有人一开始就能跑完全程，而是一天天积累得来的。

自律，对于一个人太重要了，精神的自律。

这七八年来，我的时间都用在了对付睡眠上，实在可惜。不能利用大量阅读去滋养自己。恨事一桩！

湖边的辛夷开了，隔水相望，簇新，绚烂。忽然有感慨。这么多年，每到春来，无论骑车，抑或走路，人都一遍遍贪婪地看这些水边的花，年年依旧，年年动人，仿佛初来人世，而看花的人，则一年年老去……宇宙浩渺无穷，万物自有规律，年年花开花落，山川河流千万年，方可变化一次，而我们人类，作为一粒芥菜籽，活过，然后死去，没有谁肯来关注。

正因为渺小，我们才要追寻活着的意义，顺势产生了艺术，绘画、音乐、文学……实则，也是一种寄托吧。我们一直在勤勉地探索精神的边界以及维度，它究竟有没有尽头——宇宙有尽头吗，有边界吗？

精神世界与宇宙空间相若，都是没有边界的。

越发觉得中医的伟大，古人智慧超群。一直想看《黄帝内经》，可惜不得法，古文功底浅薄，许多文言不懂。最近，网上有个著名中医撰文论述涤清扁鹊的"四不治"，算是开了眼界。中医文化博大精深，如今几乎不大有人刻苦向学了，慢慢地，也逃不掉走向没落的命运。中国的许多经典都没落了，这个时代的人仿佛一直都向着金钱，向着成功去，真是太贫瘠了。只要上个微信，充斥的一条条，莫非"成功"的字眼：谁圈了多少钱。谁当上了网红。谁谁经营的公号又融资了多少多少天文数字……这都是在追求活在钱上死在钱上吗？

星期天，我们去奶奶家做客。看那个小区风景挺美的，遂跑到售楼处打听可有房子了。他们说，有，马路对面正在建，是商居楼，面积大小不等。我又担心，地铁没通，高架桥未建，离市区较远，就怕投资以后租不出去，还要倒贴物业费。聊到后来，售楼小哥哥低头玩起了微信。我感觉——好受伤害。他肯定以为我买不起吧，都懒得真心挽留我。

狗眼看人低的世界啊。

回头接着说整理花草——人只要双手一沾上泥土就歇不下来，而且心情平和，谈不上喜悦，应该是自在吧。喜悦是一种不好的情绪，搞不好会失控，进而得意，人一得意便露了浅薄相，愚蠢之极。自在，最好，自己活在自己的世界，灵魂的小宇宙自有完整的体系和秩序，比如我每天下午都坚持去上班，不论有没有工作上的事情需要处理。

这样可以维持的秩序，久而久之，反而成了一种自律。

忽然背上有凉意，太阳隐到薄云里了，但，还能透过微光，听到斑鸠的叫声：四姑姑——姑！年年如此，好沧桑的嗓音，即便就停在前一幢楼上叫，让你听着都有远意。节气里有"惊蛰之日桃始华"的说法，这里的"华"应该作芳华解。

可是，楼下一棵小桃树刚刚萌芽，估计花事还得等一段。柳树一天天不同，好像是春天的先知，迎春也是，婆婆纳开疯掉了，草地上到处都是；蒲公英不甘落后，也开花了，没有杆，即便匍匐在地上，也要开，到了春末，才会长出极高的杆，举着开花，一直开到秋凉。这些年，冬天也开，气候暖了，植物们、动物们就蒙圈了，它们不知所措，怀着阵痛盲目地开花盲目地生活。整个冬天，我们家蚊子不断，还咬人，一拍一掌血。

小区里有户人家种了一棵几可人高的杏树，结了满树花骨朵，浅粉色，湛紫色，满树骨碌碌的小眼睛，真好看。去年是这样的境况，可惜到头来一颗杏也不愿结，大风一吹，落花离树，什么也没留下。

清明之后了，也是这户人家，房前屋后满架蔷薇，开得豪华奢靡，走到跟前，芬芳四溢，恍如置身盛世。

蔷薇谢了，就是夏天了。

我喜欢这样薄阴薄晴的天气。

之三

一点遥遥的忧愁

H君：

　　春天过半了。

　　每一天来到户外，都是新天新地。这样的季节果
真神奇。

　　今天早晨，门前的两棵红叶李，美得让人吃惊。
昨天黄昏，还是满树花骨朵，今早竟开了一半的花，
纷纷扰扰的……我与孩子看了又看，内心喜悦，却
也说不出什么……天是阴的，雾霾浓重，原本心情
不会好，可是当你看着一树一树的花朵，内心自会异
样，这些花朵仿佛黑暗中的微火，令人倍感珍视。花
骨朵、花朵杂拌，有一点遥遥的忧愁，世间的日子正

是这么的黯淡与鲜亮交迭轮回。

一转眼，我们都老了……

晚上，监督孩子背诵古诗，昨晚是张九龄的《望月怀远》，不太押韵，孩子极抗拒，我耐着性子给他讲解，慢慢地也能背下去。孩子说：为什么我背李白、杜甫的诗，一背就会呢？他们的诗押韵。是啊，李白这个大天才，是异数，孩子背他的《望天门山》，读三遍，就能背诵了。杜甫的，亦如是。我跟他解释，李白是天才，可以口吐半个盛唐，他的诗流畅天然，有画面感，永远气盛的样子。杜甫的诗是用功的结果，他虽缺乏李白那样的天赋，但他勤奋努力，也能把诗写好，所以，人要努力，没有天赋，更要靠后天的努力。

说这些，连我自己都觉得教条。

也不知要把孩子引领到何方。只希望他把这些美好的句子记住，等他到青年时代、中年时代回味，也是有意思的事情。

目前，作为一名老年妇女，我只迷王维、李商隐。

这两位非常符合当下复杂的心态。这二位简直是谜一样的天才。

每天我们都要背诵一首古诗，张九龄写：

不堪盈手赠，还寝梦佳期。

也是惊心啊——我不能把满手的月光亲手捧给你……这种儿女情长，我孩子很快在青春期就要遇到了——当他暗恋一个女孩，痛苦地给她写信，慢慢洇染一点古诗的情怀，就不会写那些肤浅的车轱辘话了。

古诗的好处，在于它的自持与婉转。

贴梗海棠也开了，那种红不太耐看，仿佛一个东西用旧了，有日子的脏气附着，是旧日红，仿佛一滴滴血弄脏了。鲁迅说的，被人搀扶着在院子里对着海棠咳血……应该是贴梗海棠吧。垂丝海棠的花期延后些，粉色系，大面积开放后，犹如青春期的女孩子活泼泼的无忧，不适合对着她们咳血。

贴梗海棠才具备这样的意境，贴着枝杈开，做小伏低的，一朵朵的血滴子，如果有雨，更显凄清，细雨迷蒙里，仿佛有人在远处哭，哽咽着，一句句，声声断断……

我终于开始了写诗生涯。昨天，一边喝中药，一边晒后背，忽然有一种不可遏制的冲动，急忙找到笔和本子，写下第一首诗。写诗是青春期的事情了，后来种种原因停掉了。我总是低估自己，高看别人。也许，坚持下来，也会蔚然大观。

最近，有个小说老是盘旋不去。大致是：主人公"我"一直受失眠困扰，执意离开城市。某日看见一个招工启示，远郊农民招一名看瓜人。她去了，帮助看了一个夏天的瓜地。因为晚上睡不着，她就一边看瓜，一边观察星空……重点要写星空的……

小说不以讲故事取胜。你看过叶弥的《明月寺》没？铺排意境，消弱故事性，如同萧红那样，散文化的写法。几乎不大看国内杂志上的小说了，大半粗暴地复制现实生活，平庸得很。贾平凹说过，一个好的小说家面对现实生活，就像站在瀑布前拿着一只碗接水。他这话意蕴无穷。我的理解是，文学艺术来源于生活，一定高于生活，不能与现实生活平行。好小说的标准无非两个：一、语言好；二、拥有超凡的想象力。比如刘慈欣的科幻，有后者，但缺乏前者。

我基本上属于那种手低眼高之人，鉴赏力有一点，但是呢，创作力总要低于鉴赏力的水平线以下。

痛苦的根源，大抵都是才华配不上梦想。

这些天，总是不停歇地写……

怀疑自己是不是得了绝症，身体指挥大脑赶快趁死之前写一点，不然没有机会表达了。有一个深夜，忽然想起自己的年龄，恐惧、沉痛……所有的时间都虚度了，还不包括纠结、焦虑。这是一条什么样的生命啊。

单位跟旅行社合作一个旅游项目。这些天，许多耄耋老人来报名，坐火车漫游南中国。我总是在心里感念，他们年轻时克勤克俭，活得累，挨到老，才有机会前去饱览大好河山。年轻时的激越和光芒，还能维持到年老么，还能与河山对接上吗？怕也不能了。

所以，放逐自己，要趁早。

生活里，遇见很多女性，她们活得舒缓，保养得很好，端庄、体面地生活着。唯一的根源，是接纳了自己。有一个朋友，她老公裤子掉色了，她竟然买回颜料，自己在家里染……我听着吃惊不已。换作我，扔掉算了。可是，她慢慢地手工染。她做这些的时候，内心无比平静吧，也许一条裤子需要花掉一上午时间。她觉得非常值得，而我们这些内心盘踞着一只猛兽的人，是不可能有那份耐心做这些事的。这些事可以慢慢地雕琢一个人的心性，然后她就成了现在的样子，额头光亮，眼睛里有隐隐的光芒，她活在当下，踏实，知足。时光可以把一个人塑造得那么好。

比起她们，我简直是一个生活的失败者。除了写作，对于一切均无耐心，狂躁、纷乱，内心如大海，波涛汹涌，江海翻腾，哪怕一刻也没有停歇的意思。

非常向往可以居到山里，让山川草木去平复纷乱的内心，或者去寺庙挂个单也可。

你看，修炼自己，多么不容易。

前些天写的，还在笔记本里，没有时间誊抄。记得在芜湖的时候，每次写东西都必须大量喝水，后来终于把这个恶习戒掉。现在都是听音乐，贝多芬的"大提琴"，或者勃拉姆斯的"钢琴"。可是，这几天，却在听一首民谣，入魔一般，甚至上班时不听，都无法进入工作状态，就是车轴辘一样来回听，也不厌。太低级趣味了。

人，有时难免低级趣味，只有春天永远是高级趣味的，万物纷纷献上最美的一面，然后一场雨，让我们看见落花离枝，来不及惆怅，季节就又往繁荫处走了……

之四

眼里的星空与明月

H君：

　　人在春天真不能生病，这样会错过许多东西。昨天写完两千字后，昏睡了一上午，直到饿醒，胃像被一个铁钳揪住似的难受，饿得心发慌。出去找饭吃，五百米的路怎么也走不到头……西药太伤人了，整个头像被什么东西罩住，估计骑车都会摔倒，难以形容的不适感。

　　下午还是昏睡。黄昏挣扎着起来，去外面走了四十分钟。小区里的李树全在开花。楼层的北面温度略低些，几乎半花半蕾；楼层的南面光照强，就所有的花都开了。

垂丝海棠也结起了花骨朵，细微的，桃红色花苞，倒垂而下——每年都是那么繁密的花蕾，也不晓得累。桃树零星几朵花，探头探脑的，仿佛不相信春天真的来了似的。

才一天的时间，太快了，这些花，让人措手不及。

夜里，又出去走，至李树下，一阵芬芳馥郁，直冲脑门——怎么那么香甜，简直不信李花也有香气。这股香气都能把一个尚在重感冒中的人的嗅觉调动起来，而且非常好闻，是甜香，郁郁菲菲地袅绕，不是那种肉肥肥的傻香，是精神之香，与青草被割断的香是一致的。我一圈一圈地来回，一次一次经过李树——都是高可及屋的树，枝杈蓬松四散。农历二月十二的月亮非常白，有光芒和激情，不远处，一群人跳广场舞，固定的几首歌车轱辘一样来回放……我这边特别静谧，及至忘我地一遍一遍地走，犹如禅修，渐渐地肉身也被忘记了，灵魂出窍的虚幻。如果有一架高能像机，将月下的李花拍下来，不知有多美。

白天看李花纷纷扰扰的，夜里则有大不同，寂静地，在月色下打磨自己，慢慢地温润起来，偶尔一声犬吠，恍如置身荒野，整个眼界里只有星空与明月。那样的时刻，有了天地之感。

幸亏我夜里挣扎着出去走走，不然，错过了这么美的意境，有多可惜。李花的花期也短，只要一场雨，便谢了。明天有雨，满地该都是残花了。早晨劝孩子起来，他刷牙间隙大声喊叫，我闻声从厨房里出来，问怎么了？他指指窗外：看！透过客卫的窗户，也能看见对面三棵李树，如烟如霞，如梦如幻……原来，一个七岁的幼童，对着一树花，也会心动。

春天犹如一个短命的天才，总是给人过一天少一天的决绝，一日日里，拼命挥霍汹涌的才华……大家心照不宣，默想着春天，命不久矣，无法不感到忧伤。

今天，忽阴忽晴，天上飘过薄薄的云，从我的窗户可以望见东面的天。七点时仍有玫瑰色云团，一点一点地拉扯，像外婆耐心地铺一床棉絮，这里掖掖，那里拽拽，做得认真细致，有流水潺潺的韵味。不晓得为什么——朝霞总是令人轻松愉悦，而每每望见晚霞归山，总有大哭的冲动。是不是读多了《诗经》？夕暮晚归，羊牛下山的场景早已随着农耕文明一起消失了，可我们还要有大哭的冲动。

有一天，边走边浏览一家杂志的公众号，看见一个人写的一段话，把我默默打动，站在原地，愣怔良久。抄给你：

"梅花插瓶无须多，一枝就足够，在灯下疏影横斜地静默着，可以提醒你，哪怕半生失意，还有这点压箱底的美学，撑着你，穿过风雨，穿过人潮……"

一个拥有过亿资产的人大约无感于这样的话吧。他不能够懂得灵魂生活该是怎样的广阔无界。"就算贫穷，听听风声也是好的"，这样争名逐利的时代，再来重温这句话，只能迎来嘲讽。可是，他们何曾懂得过，精神生活在整个生命里所占的比重？向来不羡慕拥有雄厚资产的人，唯一艳羡的是这样的人：一天天活得从容不迫，自尊地做着一份平凡工作，灵魂生活却无比丰裕……

今年的这个春天，几乎没怎么做饭，去外面乱吃一顿了事，这样可以节省出许多时间，一下感觉自己宽绰多了。这也叫及时止损。空出的时间，可跑步，可闲走，可做一些值得做的事情，情绪也会相应地趋于缓和。以往，每每看见家里杂乱无章，脏衣服堆在卫生间，会无比焦虑，想着一上午都做不完这些低俗无聊的琐事，濒临崩溃边缘。

现在不了，我问自己：这些料理不完，你会死吗？

既然不会死，就慢慢做。

如今我学会把不必要的日常生活全过滤掉，径直坐在电脑前……结果是，天没有塌下来。感觉日子慢下来了，像疗伤一样，渐渐地获得了精神的自愈。我爸爸那天一进门就说：你家像杂货店一样。我不以为意。又不开门纳客，搞那么光鲜整洁做什么？屋子不过是寄身之所，有时间就收拾收拾，没时间，拉倒吧——我又不欠你们的。

今天下午无论如何也要带孩子去看东面山坡上的

油菜花，然后顺着那条小路，去教堂，还有一条小河……小河边一大片梅林，花可能全部凋谢了。春花太多，也没人关注她们了。

春天就是赶赴一场接一场的盛宴，看似繁华如织锦，但，更多的还是凋零。

桃树的花期稍微长一些，花朵也不怕雨，无论阳光下，还是雨中，桃花给人的感觉始终是贞静的，有韧性，有力度，即便凋落在地上，也还是满腔热血的样子。别的花，一旦凋落就病恹恹的。辛夷花如此，安静地开，安静地落，适逢雨水的天气，适时凄清起来，一片花瓣冷不防被风吹落，整个花朵豁了一道边缝，犹如一只美丽的瓷碗碰了一道裂痕，美感顿失，一落千丈地不堪起来。白玉兰亦如是，每逢下雨，仿佛整个人生的基调就变灰了，颠覆式地，一整棵白玉兰踏上了凄厉之途，是一个妇女站在雨中哭，哭累了，忽然想起肚子饿了，还要吃饭……忽然没有意思起来，连先前的哭泣都失去了悲伤的意义。这一切就是这么的糟糕。

每每三月，总会想起海子。他留下的那些短诗总是萦绕心怀：

"雨是一生过错 / 雨是悲欢离合……"

"荒凉的山岗上 / 站着四姐妹 / 所有的风只向她们吹 / 所有的日子都为她们破碎……"

"姐姐，今夜我在德令哈 / 这是雨水中一座荒凉的城……姐姐，今夜我不关心人类 / 我只想你……"

"我的琴声呜咽，泪水全无 / 只身打马过草原……"

——仿佛一个人的内心有许多苦水，尽情地趁着春天倒出来……

文学的意义何在？人生的意义又是什么？

原本都没有意义，是我们偏要赋予它意义。

之五

不朽的东西

H君：

醒得早。

听见窗外夜鸟的梦呓，细微地，一声声鸣叫，像极了婴儿的午夜梦回，把嘟嘟的小嘴瘪一下，吮一下，侧个身，又沉酣而去……

刚才躺床上，忽地想起十年前，也是这样的春天，跟着同事一行四人去怀宁。我们坐的是晚班慢车，到达那个小县城时，天已黑透，出车站，同事要打电话，我们一齐跟进车站外的一个小卖部。很杂乱的一个小店，除了日常用品外，还卖书报杂志——高高的白石灰墙上，贴墙挂了一份当月《散文》。十年过去，还记得那本《散文》封面的样子。

我们找酒店居下。第二天去高河查湾村。你知道的，是去看海子。同事去采访，他要做一个纪念专题。我从未去过高河，一听说同事去，没过脑子，直接跑去领导办公室申请一同去，还怕同事不愿意，向他保证不写一篇文章，免得抢了他的版面（失信了，写了一点，占了他一点版面）。那时单位蒸蒸日上，经济状况不错，领导爽快地应允了。另一同事听说我也去，她又去请假。领导是一个相当有文艺情怀的人，当然理解，一齐批准。

我一看见海子母亲，望见她那双清澈的眼睛，忽地想起故去的外婆，悲伤难抑。后来，他母亲带我们去墓地，回来的路上，我们一直并肩走在一条田埂上，说着闲话。在一个土坡前，她指一条小路，对我讲，海子每次都走这条路上高河搭车回北京，他每次都会回头看我，但，最后一次回家，我站在那里送他，他没有回头看我……

当时，我心里想，最后一次回家，可能已有了死的决心，就把心狠一狠，连回头看一眼母亲都不愿意了，是故意这么狠心的……

海子母亲特别敏感，把这个细节一直记住了，在那个春天，倾诉给一个陌生人。不记得自己怎么安慰她的，挽着她的胳膊一路走，让她尽量感受得到一个陌生人的善意。

——我们太残忍了，一年年地去，逼得一个母亲一次次重温内心的伤痕，让她哭，让她痛楚……

这是十年前的事。现在，每天早晨送孩子上学，同样重复着一些动作，把他从车上放下，沉重的书包给他背上，不停地叮嘱，要多喝水，吃饭前一定洗手啊，宝贝，你要好好地听话……每一次，仿佛都是离别，目送他瘦弱的背影，直到看不见为止……常常，走几步，他也会回头摆摆手什么的。有时走远了，我看见他一只裤管还是卷起的，就喊住，慌忙跑去帮他理理……风来雨去的，每一次分别，都舍不得。他性格内向，又体弱，总是担心他在学校不开心，受人欺负。我们母子早晨分别，要到黄昏才能接他回家。

有一年，单位组织港澳游。在澳门的时候，走着走着，女导游冷不丁讲：我要是有这么大孩子，肯定舍不得离开他……她故意刺激人呢，让原本内心惴惴不安的我一路走一路飙泪，感觉自己犯了罪。那时，孩子不到两岁。后来，家属说：白天都没什么，一到黄昏，孩子总是"妈妈，妈妈"地叫。我听着心如刀绞。

是啊，日暮思归。

这些年，困在原地，怎么也走不脱。总感觉孩子缺爱，敏感，不像别的孩子大大咧咧，一直陪伴他，整整七个年头。

一个母亲的心，怕也只有做了母亲的人才懂吧。

等到现在，才能真正体会出海子母亲跟我说那番话的伤痛。一个有出息的孩子每次回来，每次与母亲分别后，走一节路都不忘回头看看母亲，他知道母亲必定站在原地目送自己。可是最后一次分别，却不愿回头再看一眼了。把母亲一个人撂在原地。母亲有多难过……

他母亲还说，春节那次回来，我问他女友的事情，他不快乐，把脸沉下来……

想起这些，都是沉痛。实则，是她母亲在日后的回忆里，一点点地荡涤自己的孩子怎么就那么决绝而去的诱因吧。这个老人，她太孤独了，愿意向一个陌生人敞开心扉，希望在一些被打碎的细节里塑造一个完好无损的孩子——那一刻，宛如昔日重逢，自己的孩子终于回来了。她的后半生都在回忆吧，一点一点地拼接只语半言，这样在精神上，她就获得了一个重生的孩子。

想起这些，都难过。

每每不开心的时候，总是想起他的那些抒情短诗，那种真挚动人，无时无刻不把你打动。生前，他自己并不太看重这些短诗，他把诗歌理想寄托在长诗上。可是，那些长诗，作为普通的读者，我们读起来，难免隔些，如同翻开《荷马史诗》，深知是伟大的，不可复制的，可到底我们够不着。

海子的抒情短诗真是不朽。你可听过周云蓬唱的《九月》？诗与歌互为一体，彼此成全，相互抬爱，没有两样，渺远，苍凉，高远，明净无垢。如同苏东坡的《水调歌头》，默诵之，满腔远意；王菲唱起，又何等荡气回肠，二者那么美满无匹。

当我们读诗，那一刻有恍然，感觉自己正是一名诗人，这些句子，怕也是我们自己花心血写下的：

目击众神死亡的草原上野花一片

远在远方的风比远方更远

我的琴声呜咽　泪水全无

我把这远方的远归还草原

一个叫木头　一个叫马尾

我的琴声呜咽　泪水全无

远方只有在死亡中凝聚野花一片

明月如镜　高悬草原　映照千年岁月

我的琴声呜咽　泪水全无

只身打马过草原

不朽的东西，并非深奥难懂，唯有真挚，方可感人。我们都是海子的知音。

有时我们眼高手低，总是低估自己的拥有，偏要去追寻高不可攀的东西，最后总是失衡，落得个才华配不上梦想的黯然而终。

还是踏实地活在当下为好，学会接纳自己，然后慢慢地，一点点地去完善自己，不能去追那些虚无而梦幻一样的东西。

昨天，网上有人谈论《包法利夫人》，据说是周克希的版本最好，决定买一本。许多年前，我看的是谁的版本也不记得了，被福楼拜的文笔深深震撼。这部小说太伟大了，甚至觉得比《安娜·卡列尼娜》还要好。真的不是一个简单的偷情故事，记得包法利夫人最后吞的是砒霜……死了以后，那个老实又痛爱她的丈夫还要帮她还债。

——有一年我在浙江出差，到海宁那个小城时，路边有一户人家在办丧事，一打听，当地人说，死去的是一个年轻妇女，他丈夫赌博欠下一大笔债。跟她

离婚了，离婚前，她不知债务的事，后来被人上门追
讨，她自尽了……

记得当时我的情绪陷入到低谷，黑洞一样的现
实啊。

包法利夫人曾经为了见心上人，不惜借债买光鲜
的衣服，觉得只有穿上漂亮的衣服才配见心仪的人。
她丈夫有一段独白，却如此地体恤她，怜惜她，简直
不忍直视。残酷的生活告诉我们，有一个痛爱自己的
丈夫又怎么样呢，她觉得他无趣，甚至连老实都成了
罪过，她要去追寻属于自己的绚烂爱情，遇上的偏偏
是个烂人、小人、伪君子，连自己老实的丈夫都不如
了。福楼拜必须安排她去死——她的死，并非死于失
恋，而是为了祭奠。

去年，我们这里发生一件命案。一个女孩结婚证
都领了，听说双方父母都一起商讨过婚礼事宜，但他
未婚夫劈腿了，与本单位一个同事，那女孩被迫要分
手，就从北京赶回……一直找这个渣男，听说最后
是这个渣男在电话里或是微信里的出言不逊直接导致

女孩在他们的婚房坠楼的。后来，有媒体采访这个人，他还面带笑容。就我这个外人听着这一幕，也会为那个女孩难过，他作为他曾经的男友怎么可以笑得出来？简直蛇蝎心肠。许多人跟帖，说这姑娘有多傻，怎么不想想自己的父母双亲……其实，她也是祭奠。

包法利夫人不是为那个伪君子喝下砒霜的，这个女孩更不是为了她劈腿的未婚夫而坠楼的。

我是个代入感极强的人，听说这个事，难过好一阵，仿佛自己成了她。现在我都回避看一些负面新闻，就是这么的懦弱。

天都亮了。真快。

今天终于战胜自己的懒惰——没有睡意，就命令自己爬起来开电脑。原来，并不难。某些事，肯做，就能做到。

虽然起来敲这封信，没有任何意义。但，总比白躺着胡思乱想要强得多。

一天天，每个人都是这么平凡地活着，原本没有任何意义。就这么活着！人世向来如此——我们去生，去死，什么都不留下，风一样，吹过来，吹过去。春天来了，春天又走了。我看着孩子一天天长大，一天天站在学校门口，目送他的身影消失在我的视野，树一样默默无言。

之六

活在世上，谁不可贵呢

H君：

这几日孩子生病，无心开电脑。

昨夜一场雨，今晨落花满地。李花差不多快谢完了。早起，去小区空旷处疾步，寒风阵阵，李花纷纷离枝，原本的粉红色系早已被雨水洗败色了，白苍苍的，落在水泥地上，落在草窠里，看着这一切，特别败兴，一颗心连带着也暗暮沉沉。

垂丝海棠的花骨朵一律玫红色系的，不知是树千花，还是花千树，繁盛得令人不知所措。这一星期都是雨天——垂丝海棠真是倒霉啊，刚刚放飞自己，便遇到了雨水。雨中开给谁看呢？像一团火，执意要燃烧自己，可是，却被生活的巨浪一把扑灭。自己成全自己吧，怎么着，也要开花呀。

草地还是枯萎的，不动声色地枯黄着，这一场冬天的大会开得太久太久，已经春分了，仍不见散会的意思，被集体关在大会议室了，密不透风。虽同属一块草地，野豌豆等不及了，偷偷自会场溜出来，早已把自己绿成一片。每一年，枯草地上，都是野豌豆当了急先锋，牵出许多藤蔓，密密实实的叶子，也没人来给它们撑个杆子，就一齐倒伏在地上，快要挂蕾了，一夜雨后，它们更绿了。

原来，婆婆纳下雨的时候，是把花朵收拢起来的，星星一样的细碎的小蓝花，在雨水中纷纷把自己闭合起来，一滴雨水都渗不进去，它们的叶子越发翠绿。这样的植物生命力真是顽强，喜欢结伴生长在灌木丛下，略微一点点阳光漏下来，便会葳蕤一片，散步的时候，脚边都是它们的身影。慢慢地，春深了，它们把自己变成老绿，麻赖赖的叶片上都是沧桑的褶皱。

鸟鸣越来越早，不及五点，它们就醒了，叫声悦耳动听——往年总是苦恼，肤浅的睡眠总被它们吵醒，情绪复杂，恼火。所以啊，人没本事，就迁怒于鸟类，越发显得没本事……今年再不这样，把心放下来，仔细地听，有三音节的：嚯啰嚯，嚯啰嚯，仿佛说：哎，兄弟，该醒醒了，天亮了。兄弟贪睡，不理它，它锲而不舍吹口哨：嚯啰嚯，嚯啰嚯……尤其雨后，它的嗓子像是被洗过一遍，一丝杂质也无，洁净无尘，宛如交响乐里的单簧管，袅袅地，袅袅地，万物都为之屏息；还有单音节的鸟鸣：嘀嘀嘀嘀……嘀几声以后，没人理它，到了最后它把音弱化下来，仿佛生病刚刚好转的人，气弱游丝般低下去，低下去……你正听得入迷状态了，冷不防斑鸠也加入进来——四姑姑，姑！

斑鸠这种鸟，我不知怎么说它好，它什么都好，就是太傻气了，一年年，一天天，春夏秋冬，不分寒暑，一味叫唤它的"四姑姑"，把你的心都叫沉了。翻过身，把被子掖紧，辗转难受，人生里许多五味杂陈的东西都在翻涌，大约都是被斑鸠的叫声点燃的吧。

五次三番的，百鸟鸣唱，整个春天都是如此，纵然你叫苦不得，也只有忍耐，忍着忍着，便涅了槃，也是修行了，在被吵醒的懊恼里修行，久而久之，也觉出它们的可贵……

活在这样的世上，谁不可贵呢？

中国当今已然鸡汤大国了，网络的每个角落都能遭遇到鸡汤体，如凌晨的鸟鸣相若，你不想闻不想听都不行，冷不防硬闯入你的眼帘。

春天的菜市，不能不去。每天，总喜欢抽空去一趟菜市，有时，并非购买什么。就是纯粹看看——那些豌豆尖啊，嫩得夜露闪闪。枸杞头也上市了，马兰头一堆一堆码放在菜筐里，即便没有购买的欲望，一只手总是情不自禁要去抓一把，放在鼻子下头闻闻，那么醒脾的来自僻野的菜蔬味。尤其扬花萝卜呢，不晓得多可爱，一咕噜一咕噜蹲在那里，粉粉红的，水灵灵的——那天，不知道谁把汪曾祺的几幅小品张贴到网上。这个老头擅画春天的美味：一幅扬花萝卜，虽是水墨着色，可是，竟如此有生气，仿佛滴得下来嫩汁，叫人闻到了微微的辣腥气，忽然有一股冲动，奔去菜市买半斤回家，逐一拍扁，佐以甜醋、小磨麻油，凉拌之，吃在嘴里，脆生有味……这个老头还画了一条鳜鱼，旁边搭一只老蒜半棵葱，叫你可以闻得着鳜鱼的腥气，如此鲜活动人，就是说，这条鳜鱼是立马可以下锅的，连葱蒜，都叫这个老夫子给你配齐了。

汪曾祺的水墨画，虽有烟火气（烟火气正是生活的底气），但，始终高格，叫你分外热爱生活，这真是一个有格局的人。无论看他行文，还是绘画，始终透着一种无为的闲适，是船行海上，不见万丈波涛，永远是风推着白帆，徐徐而行……他惜力，肯借力，自己不累，读者看着更不累。当得起一把古壶，被火淬过，然后冷却下来，历经光阴的打磨，愈年深月久，愈见宝光，温润沁凉，值得反复摩挲……就是这样的一把古壶，我们可以拿过来，泡一壶春茶，最好是西湖龙井，你坐在庭院里，四周百花如约盛开，鸟鸣入耳，你一口一口呷着春茶，把自己喝醉了也在所不惜，恍恍然，一日过尽——你发现，原本自己尚未老朽，站起来，远观，依然一身清奇骨骼。

如今的人，写东西，热衷于炫耀知识，夸耀自己，拿出来的，难免贼光四射，既猥琐，又小家子气。

这世间，可以有几个汪曾祺？

这封信写得真是诚惶诚恐，我一直心不定，不时拿眼瞟瞟电脑右下方的时间。跟孩子说好的，提前接他放学，放弃最后一节体育课。小人儿自从上学以来，没有生过一场大病，这次吃了大亏了，急性胃炎，老是呕吐，一吃便吐。用药后，副作用凸显，导致拉肚子，小脸煞白，早晨还是狠狠心让他上学去了。前天，他吐过以后，气若游丝地说：妈妈，这一次我太严重了。说完，连眼睛也睁不开。孩子真耐病啊——发烧，胃疼，肚子疼，都在默默忍受着，还抽空完成了一篇日记以及许多作业。医院大屏幕上打出一个个孩子的名字——姜可乐，鲍宝宝……他觉得非常好玩，特意记到日记里。孩子总是那么天真纯粹，即便生着病，也不以为苦，随时可以发现生的乐趣，好让人感念啊，不比我们大人，总是觉得苦，茫然，心灰。

我们带着他奔赴不同的医院，尤其儿童医院，人山人海，挂号排队，看诊排队，连拿药都要排长久的队伍。全是孩子，仿佛一整个城市的孩子都集体去到了那里。原本一个小病，竟耗去一上午的时间。中国人的时间都在排队中耗去了，导致人人无所建树。

就写这些吧。我接孩子去。

之七

人世平常安静

H君:

春天深了。看了一番番花开草绿,人对季节的知觉慢慢地有了钝感,不比初始那么惊奇雀跃。这样也好,不能一直活在热血沸腾中,钝下来,人有了另一层眼界。

李花全部谢掉了,树上长出新叶,一天比一天密实,猪肝紫的颜色,肿胀着,肿胀着,枝杈间,偶尔停一只鸟,都不易发现了。李树的状态太像一个人,一生中只能有那么惊艳的几天,余下的,一直那么的平凡平庸,披着一身猪肝紫度过漫长四季。尤其盛夏,久不下雨,叶上积满尘埃,原本不出彩的衣饰上又铺上灰扑扑的土粒子，真的好难看。

可是，难看，又怎么样呢？还是要活下去。

人的一生就是一棵棵紫叶李，灰扑扑地站在原地，无以腾挪，默默地，把日子过下去，过下去……所以，曹雪芹才要说：玉粒金莼噎满喉。

这样的类比，也没有多糟践人的，原本就是一种生存的真相，好灰心啊。

我们这里连续一星期阴雨，倒春寒冷得让人无所适从。暖气停了，冻得人站也不是，坐也不是，很多年没有这样冷了。颈椎腰椎全犯病，痛得，生不如死。

终于晴了。昨夜，出去散步，就把头长久地仰着，边走边看星星，颈椎稍稍缓解些。星空黝黑，目力范围内，只见几十颗星星，很小很小的光点，尚不及夜行飞机的灯光亮堂。还记得吧，童年的星空何等绚烂，密集恐怖症患者若是置身于我们童年的星空下，肯定要崩溃的吧，比雨后搬家的蚂蚁要密得多，头皮都发麻地多——常常暗示自己一定要在梦境里遇见它们，可是，总是不能如愿，只永远记在脑海里。童年的星空是可以呜咽的，犹如流淌的河水，生生不歇，无数颗灵魂的化身……

仰头走在草地边缘，试图寻找北斗七星，一无所获，尽管白天的天空如此湛蓝，没有雾霾阻挡，可是，一旦置身城市，便再也无法用肉眼看见那些星星，也不知被什么遮挡了。为何在乡下，银河与我们如此亲近？仿佛一伸手就能摘下来。李白写：危楼高百尺，手可摘星辰。真不是夸张，那种人与星空的距离感一下子消失了，一伸手便能触摸到的可近可亲，永远不在了。

夜里总是睡不踏实，就读书。朋友送了许多书。最近读的是《小王子》，诗人树才翻译的，语言非常到位。这个版本之前，也读过别人翻译的，可惜没读下去。倘若没有树才的这个版本，怕是这一生就要与这本书失之交臂了。它可以与怀特的《夏洛的网》相媲美，同样不朽的好作品，随时翻开哪一页，都能读下去。可见，语言的还原多么重要。听说，莫言的语言非常粗糙，得益于翻译过滤了一遍。也不知可是真的。

读到小王子去到第五颗星球上那节，我想哭。

那颗星球很小，只容得下一盏街灯和一个点灯人。这个点灯人一下点亮灯，过一分钟又熄灭灯。这颗星球转得一年比一年快，竟然一分钟转一圈，所以点灯人忙得要死，他每分钟都要点一次灯，然后又熄灭一次灯，累得根本没时间睡觉。小王子看着也心疼这个点灯人，就教他一个既忠诚又偷懒的办法，他说：你的星球这么小，跨三步就可以走完一圈。你只要慢慢走，就可以一直照到太阳。想休息时，你就开始走……你愿意白天有多长，它就会有多长。

点灯人却说：这辈子我喜欢的事情，就是睡觉。

命中注定，他无法睡觉，他在内心对于规则的忠诚，迫使他二十四小时内要点灯熄灯一千四百四十次。

看到这一节，好想号啕大哭，哭三天三夜……

这个点灯人，就是聪明人眼里的：老实人，憨大，二货，二傻子，二楞子。我就是这样的人。圣·埃克苏佩里肯定也是这样的人。

只是，在人的丛林里，无论从事哪一个行当，屹立不倒的，拼到最后的，还是品行。这个世界上，聪明人太多了，老实人便成了稀缺资源。

圣·埃克苏佩里太了不起了。他运用这么奇妙的意象去阐述一种世间最普遍的观点。这本书不适合孩子读，他们何曾明了内里的深奥——孩子们或许会运用自己的童真去嘲笑这个点灯人——怎么这么笨，整天工作得连觉都没时间睡，"小王子"不也聪明地教他一个方法吗，不停地走下去就能看见太阳，便无须熄灯了。

《夏洛的网》也非写给孩子看的。十多年前，我读它，感知到的，是蜘蛛对于猪的情意，是物种之间的相珍互惜；近年再读，却读出了死亡的气味。怀特要表达的可能是生命的无奈吧。蜘蛛把猪救下来，自己却到了生命的尽头……它用最后一点力气说完了该说的话，便死去了。曾经织就的网尚在，那个织网的它死去了，这张网历经日后的风吹雨打，慢慢地也会消逝，仿佛这个世界上，它不曾来过……我们有幸活着，然后死去，不过百年光阴，然后什么也没留下来，仿佛不曾来过……怀特所要表达的，无非这些。

圣·埃克苏佩里与怀特，都是不朽的。

中国的童话远远达不到这样的高度，大多充斥着怨恨，报仇，团圆……局限于人的眼界。沉香救母，宝莲灯，哪吒闹海……无法超越人性的局限，所以产生不了意义深远的童话故事。这就是中外差别。中国古代有好的哲学，但一直缺乏好的童话。几千年来，中国不缺乏好故事，缺乏的是结构和伦理，最重要的是心性。

说到心性，就得牵扯到孔子了。几千年来，中国人尊奉的都是儒学，所谓治国齐家平天下，慢慢地，就走歪了，到了如今的价值观的彻底沦丧，眼里只有金钱与成功，人人奔着钱生，奔着钱死，毫无精神格局。人性如此贪婪无度，江河湖海全被污染，总扬扬得意于 GDP 的飞速上升。实则，这才是一种文明的倒退。

倘若中国人一直尊奉的是老庄哲学，不说日月清明吧，起码不是现在这个样子的。

老庄哲学最符合人的天性，它一直引导着人向着天地自然而去。它一直是后退的，退回到内心去。而儒学是侵略性地掠夺，不仅仅是人与人之间的掠夺，而是向外扩张的永不满足的物欲——这个，是最能摧毁人的，是黑洞，无限扩张的黑洞，吞噬一切文明的黑洞。

昨天，我搬个小凳子，带一个废纸篓，一把韭菜，到屋前空地上边晒太阳边择韭菜。韭菜是土韭菜，露天种植的，根部还带紫皮，既香又嫩，汪曾祺说：秋末晚菘，春初新韭。微风吹拂，已然有了暖意，一棵一棵地择干净，坐在阳光里舍不得离开，索性多坐一会儿，离我不远处的草地上，开了两朵蒲公英，小黄花在阳光下格外招眼，两只小眼睛一样骨碌碌来回摇晃——叫人不由得想起小时候，躺在外婆的两腿之上，也是这样和煦的天气，大风从几万里的地方飞奔而来，吹着我们祖孙俩，在阳光下打盹，人世如此平常安静，我们被无边的阳光笼罩，有永生永世的安宁……

　　就是这份安宁，一直护佑着我，自童年，少年，再到中年——我是没有青年时代的。自十六岁来到城市，没有选择地加入到工厂流水线，我的青春期便早早结束了，以至于如今每逢听到小虎队的歌声，都不禁有落泪的冲动。这是属于一个人的隐秘的青春记忆。

　　时间不早了吧。我还没有吃早饭，送完孩子，只买了一杯豆浆喝。还得准备午餐去。今天买了许多豌豆，准备还是跟昨天一样，去到楼下草地边，边晒太阳边剥豌豆。阳光下，专注地做一件手工活，不焦虑，不紧张，用心做，如同修禅，真正与春天相逢在一起，紫花地丁正开得酣畅，仿佛一场场紫色的梦，连风都叫不醒它们了……

之八

山野与微风可培养巫师

H 君：

昨晚一夜没合眼，可能是昨天的一篇文章引起的
神经亢奋。无法自控不陷入回忆的泥沼，无法静下来。
我不会运气打坐，一直挨到天亮。

写点东西，这么耗损人的心神。仿佛学会了克制，
倘若以往，五千字也写不下。只用了两千字，把许多
东西删掉。冰山理论非常恰当，整个基座隐于海底，
只露出一丁点尖角。叙述的克制就是绘画上的留白，
大片空无，犹如寒冬的山水，看上去淡，寂⋯⋯

枯淡一直是我喜欢的境界。同事说我的东西没有
以前的灵气了。我不太认同。人到中年，不能单一地

依靠灵性去支撑自己，要去探索，去开拓更宽广的疆域，纵然走上一条险境，但凡可到达枯淡之地，也是令自己满意的。

决定今天不在家吃饭，把情绪好好调理一下，躺着也睡不着，出去走走，神经会放松下来。

昨天下了一天的雨，空气蛮好。出去慢慢走了两个小时。

停下来，仔细地打量一棵柳树，观察它叶子的变化，不知不觉，心就静下来。柳树起了穗子，结了许多桑葚一样果实状的东西，慢慢地孕育柳絮了，清明过后，大风吹得漫天飞。每年这个时候，会想起小时候看的一个电视剧《夜幕下的哈尔滨》，里面有个女子芳名——柳絮影，这个梦幻一样的名字适合被她爱的人写在信纸上。

蚕豆开花了，豌豆开花了，小白菜秧子也开花了，所有的植物都在开花。植物们最守信，一直遵循四时节序的法则，千万年矣，一年一次沉默又快乐地开花。

豌豆花好像妙玉呀，温润如玉的白，纤尘不染，远远地看，那些白花，像一双双眼睛，都是妙玉的眼睛，一直望着你，你都舍不得离开，一步一回头地招手：别送了，回吧。狠狠心走远，忽然忆起，妙玉的眼里有苦意，迎人，又拒人，纯粹，天真，拿梅上的积雪泡茶给心仪的人喝。明明知晓那人爱的是旁人，执意还要这样做，是一份心意，无非——我爱你，但与你无关。这样的性情特别令人伤痛，仿佛吃自己的肉，喝自己的血。

蚕豆花就不同了，蝴蝶一样的花束一起拥在镂空的杆上，风来风去的，蚕豆花不时朝你翻个小白眼，恍如调皮道：二哥哥，二哥哥……没心没肺的傻女孩湘云姑娘的神情像极蚕豆花，骨碌碌的眼珠子瞄瞄，一个小鬼主意上来了，衔着一块白手绢，摇摇晃晃地袅娜，一路咭咭咭地笑：二哥哥，二哥哥……有一份家常的守己安分。这品质最可贵，不比黛玉整天活在伤痛里，不吐血才怪，愁多伤身。黛玉是把自己痛死的。实则，林姑娘何曾苦过？宝玉那么爱她。她苦得过宝钗么？与不爱自己的灵魂日夜相守，比受刑还要耻辱。

雨后的地被翻过，黝黑得憨厚，我蹲在那里嗅了很久，好闻，泥土的香气里杂有蚯蚓的体味。幻想可以养一亩地的蚯蚓来喂几只鸭子。雏鸭最喜欢吃蚯蚓。小时候，寻到潮湿的地方，用铁锹翻一翻，蚯蚓横七竖八地现身而出，我们叫它们"蛇虫"。每次扛起铁锹，小鸭子则乐颠颠跟在后面，它知道我要去挖蚯蚓给它吃了。不同的物种之间无须语言，一起交集得久了，便心意相通。这跟人与人之间是不同的，只有心有灵犀的两个人，才会一点便通，其余的，总是呼应的与被呼应的无以应答，然后，有了悲剧。

走累了，准备在木亭里坐一下，已经被一对情侣占据了。目测，男人一身包工头打扮，女孩正处在男人女儿的年龄上，清扑扑的，一身黑，紧身裤太挤了，外面罩一件极短镂花裙，望之唐突。赤着一双白脚在带繁复花纹的亮皮鞋子里，热爱说话，呱啦呱啦，嗑瓜子一般，不停地吐壳，停不下来。男人双手插在廉价的西裤口袋里，低头看自己鞋尖……这世间所有的爱情都应该被祝福。可是，他们之间的，仿佛不是爱，是一个对另一个物质的贪婪，也是另一个对这一个情欲的无度。

小河满了，薇秧子长出水面，一条黑金鱼尾随一条小鲫鱼，浮出水面，吃落花。风把山坡上垂丝海棠花瓣刮下来一些，一直飘，一直送，落至河面，小鱼闻到花香，游上来，吞一片落花。站在河边，闭起眼睛，深呼吸，人有被腾空的幻觉。身后响起音乐，是一个妇女，在练功，她整个身体一直抖一直抖，像被上了发条，抖个不停……她把小录音机拎起来，音乐超响，沿着北河沿飒飒而去。我站在原地目送，没琢磨过来她练的是什么功。

我一直在闲里。忽地想到为什么古代产生了那么多哲学家——都是慢下来过日子，闲出来的哲思群慧。温饱是基本的诉求，也是唯一的，然后没什么事了，就去野外晃，晃着晃着，一天过去了，日头落山，星星出来，回家吃饭，吃完还是没事干，跑到外面看星星去，看了一代又一代，星空永恒未变，慢慢地，诞生出伟大的星象学家。医学家是怎么产生的呢？也是闲得没事干，碰巧与我一样的，没事就爱往沃野僻静之地跑，看见小草也感动得要死，蹲下来，跟人家耍耍，恰好人家又很香，忍不住了，摘一点放嘴里抿抿，还甜嘞，可以吃，久而久之，医学家诞生。

童年，我们放牛的时候，品尝过许多植物，蔷薇新抽出的嫩头，掐下来，把皮撕了，放嘴里，清香且甜；还有一种野菜，忘了名字，只长叶，四周锯齿型，匍匐在地上。每当发现一棵，我们就用手刨，刨啊刨，终于露出洁白须根，小拇指那么粗，拔起来，把皮撕了，直接丢嘴里，糯糯地甜，嚼得冒白浆，或许就是一种地参吧。还有另一种草，长到一拃长，开伞状花，结毛茸茸的籽。牛在不远处低头啃草，女童们坐在圩埂上发呆，无聊得很，忽然想起一件神秘的事情，悄悄合计一番，借助这种草给村里哪家孕妇算一卦——两两对称着撕开那根草，一种情形下，象征该名孕妇肚里是男孩子，另一种情形便是女孩……

山野与微风是可以培养巫师的。我们这些曾经的女童巫师，在春风的感召下，义不容辞地担负起给村里孕妇们预报婴儿性别的重大责任，虽不曾获得过一次微薄的奖赏，我们也在所不辞。

可应验了呢！只有风知道这些秘密。

一个妇女手里拿着一大把夹竹桃花束，我好心告知她这种花有毒，叫她赶快丢掉。她无比傲慢：这不是桃花吗？怎么有毒？我说：不是桃花，是夹竹桃。看吧，缺乏常识的人，往往傲慢，且粗鲁无礼——毒死，活该，不听劝。若是换成我，面对陌生人的善意，即便不信，至少也会报之以一声"谢谢"。这名妇女如此傲慢，嫌我多事呗，愚昧啊。陈丹青一直在微博里给国人启蒙，他说的都是常识，可是屡屡遭人毒骂，越无知的人，骂起人来越狠。真想劝劝陈丹青，那么多沉睡的人，你是唤不醒的。鲁迅唤了多少年都唤不醒。算了，随他们去吧。

我像个久病之人，一身隆冬打扮，在野外晃了两个小时。沿途有野生薄荷，非常醒神，一路掐一路闻。今天意外发现了白花地丁，好看得有些单薄，一棵一棵生在蒿草丛中。单位东门前的草地上，成千上万棵紫花地丁，不晓得多好看，我用手机拍不出它们的美，摄影部的同事用了高能像机，捕捉到的那种神韵，美轮美奂。美的东西，必须善待她——美所取悦的对象中，既有高智人群，也有低智人群——面对一群紫花地丁，作为高智人群代表的高能相机就可以更好地呈现出它们的美，而作为低智人群代表的手机便把这份美糟蹋了。写作同样如此，每一种类的读者受众不同，会有热闹、落寂之分，倒不必惊慌失衡，各有各的路，走下去，走得远些，终见分晓。

人要有格局，胸怀，眼界，还要有快乐的能力。昨天给一个朋友发了一个红包，非常快乐，说自己接了一个单，挣的钱花不掉，让朋友分享一点。作为一个穷鬼，穷凶极恶地说自己好有钱，这种勇于腹黑的精神所产生出的快乐会被放大无数倍。我制造了一个快乐，好像连我的灵魂也一齐升华了。

刚才路过教堂，久久看十字架。忽然明白，西方人的宗教意识多么可贵，他们是把灵魂一次次寄放在教堂里，每个礼拜都去面对，忏悔或者倾诉，然后内心平静下来，走出去，重新快乐地生活，一次次复活新生，所以智慧超群。我们东方人也有宗教，走向山水自然，就是走向灵魂，也可以获得内心的宁静，也是一次次的自新。东西方不同的文明，最后一律殊途同归了。

每一条路，都通向家的方向，小王子说。汪曾祺说：这个世界这么地爱我，我也不能不爱它啊。谦卑里有霸气，把这个老头拉出去唱堂会，一定是《四郎探母》。

悄悄跟着一个疯子走了一段路。在戴着红帽子，浑身都是泥巴。他静静停下来，专注地看着沟渠里绿旺旺的青草……他的神态令人感动，不由得想起尼采在街头抱住瘦马痛哭，想起梵高热烈地邀请高更去阿尔小镇同住，他给他一把最好的椅子，可惜高更还是离开了，频临崩溃的梵高割下耳朵，对着镜子画自己，瘦尖的脑袋上缠着白纱布……

每次看见他的"星空"，都会无比震撼。无论是这个疯子，还是尼采、梵高，他们都是超人类，看见了我们这些平庸的人所看不见的东西。

之九

木匠不要说话，让家具自己发言

H君：

早锻炼回来，做家务，一做根本停不下来，热好的中药，在微波炉里一直忘了喝，冷了，再热，怕也是没有药效了。有个朋友晚上做家务，有过做到凌晨三点的经历，听着惊骇不已。除非家里乱得碍了眼，让我没法静下心来坐到电脑前，比如今天，眼见着不收拾，实在不行了。

还是没做完，扔了许多东西。累得坐在露台歇一会儿，望着楼下樟树翻滚的红叶子，忽然很忧伤……

忧伤，是因为人与自然有了交集而产生的一种情绪——春天如此短暂，每一棵树的花期那么短暂，加上雨水不断，更加速了花朵的凋零，一日仿佛就是一年了。

人为什么会伤春呢？我从不为人际关系而忧伤，作为一名穴居型人格拥有者，总是困苦于与人发生任何复杂的关系。只来往于几个有限的朋友，一有事，便想到麻烦他们的朋友，也是夏志清说的"有事有人，没事没人"那类孤僻型人格。知道不好，但，又不知道平时如何去维护，尽管心里都一直在感激着他们的，总是苦于无以表达。

仿佛用一生也学不会将谢意用行动表达出来，有时倒十分害羞，羞于表达，比如对于朋友——没事，从未主动联络，久而久之，人家会误会你是大尾巴狼；有事，才想起来别人。我的性格里有很多说不清的东西，对别人对于自己的帮助、提携一直铭记于心，但，就是不懂得平时怎么去表达给别人。往往有许多误会。

本来说好的，外出散心，顺便去宁波参加一个见面会。可是，临了，我又改了主意，拒绝参加。我的出版人肯定生气了吧，可能他们旗下的一个新书店开业，主推我的书，临了我放了鸽子……

本质里我不想做这些事情，没意思。一个书写的人，应该安安静静地待在黑屋子里书写，整天弄得跟明星似的露头抛面的，变味了。可是，现在的世道非常流行这样。有人出一本书，把全国都跑遍，一座城市一座城市地签售，讲演，俨然一副成功人士的做派。一个作家，他并非成功人士，他只是一个独立的观察者，表达者，他用他的思想和文字去喂养读者就可以了，别的，不必做得过多。

这样表面的虚拟性的繁华热闹，是我一直排斥的。

一个好木匠一年年地，做出一样样家具，放在店里陈列，有缘人喜欢，买回去。完了，木匠再做一批出来……一切都在默默地进行着，何必抛头露面到处讲演，招摇地宣布：我打的家具真好啊，全宇宙无敌好家具！

木匠不要说话，让家具自己说话。

家具是有生命力的，一件一件跟了有缘人，已是圆满。家具是商品，也是艺术品。艺术品无须到处聒噪，它又不是地摊货，非得用大喇叭喊得几十里外的人都听得见：快来买啊，又便宜又适用，不买绝对后悔！呼啦啦涌来一大波引车卖浆者，挑挑拣拣的，一地狼籍，相都不好看的。

一个真正的写作人，就应该被关在黑屋子里，一点一点地耕作。

早晨我慢跑的时候，一个四五岁的孩子也在甬道上玩耍，他大约是认为我跑得太慢了，便扭着一双小腿，"唰唰唰"飞奔，一下把我超过去，跑了一段后，特意停下来，回头，仰看我，我跑到他跟前夸奖：你真棒，我都跑不过你呢。他穿一件宝蓝色薄袄，一双眼睛乌黑乌黑的，他在得到了陌生人的肯定与激赏以后的神情非常骄傲，跑步竟然超过了一个大人呢，仿佛一整个美丽的春天的早晨要给我发一块勋章。

幼儿的这种骄傲无比珍贵，因为他的天真，纯粹，无邪。而我们大人的骄傲，往往出于无知和浅薄。比如一篇鸡汤文，贴出去不及一小时，点击率突破十万，而一篇真正的好文章同样贴出去，一千的点击率也未到。前者倘若骄傲地对后者示威道：怎么样，我比你写得好！

这就是无知了。

早晨雾气重，沟渠坡地大面积草叶上结满露珠。青草和树叶真是魔术师，无论是浓雾，还是雨后，它们变戏法似的，就都把雨水留住了，以整个身体运气，不知怎么变来变去的，雾气或雨水就变成了一颗颗珍珠停驻在它们身上了——有些草叶简直是六十度的弯腰鞠躬状，但，圆滚滚的露珠依然一动不动地攀在上面——怎么就滑不下来呢？每当下雨的时候，人类则显得狼狈了，缩头缩颈状，亡命狂奔，样子好猥琐。花草树木从来不这样，雨来就雨来，它不急不慌，兀自纹丝不动，有些花也晓得将花萼收拢起来避雨，大多数花，径直让雨淋，越淋越精神，忍冬啊，西洋杜鹃啊，鸢尾啊，栀子花啊，紫花地丁啊，都是这样的，别有一份从容大度。人与植物比起来，永远是那么的屎样子，不淡定。

我们要向花学习，开了，落了，不强留，不贪恋。门前几棵李树，一日甚似一日地茂盛，郁郁菲菲中，仿佛未曾开过一朵花，可是，就在前十天，一树花，何等的炽烈繁华。

水溢则满，花盛即谢。

我们这里，晚樱开始了花期，一朵一朵，胖大繁复，旋在叶丛间，探头探脑的，老远看，像歇了一群肥汩汩的蝴蝶，三三两两于枝头打盹，这是晚樱的初始，等清明以后，不及一日，就是极盛的繁华期了，风来，风去，摇摇晃晃的，树干不胜重负，有倒伏的危险。晚樱就是这样的，开到后来，像坠着一坨铅，有滞重感。一直不喜欢太过繁复的花，比如牡丹，尤其玫红色牡丹，像一个女人，一出门，皆要隆重打扮，恨不得把一屋子的花衣丽裳都穿在身上，给人不透气的荒谬之感。我唯一对复瓣栀子花情有独钟，其他的，一律没有好感。

茶梅，复瓣的也不好看，落在地上，花瓣四散，好像一名妇女无端撒泼，披头散发的，好丢人，一点气质没有了。喜欢单瓣的茶梅，小区里有几棵。有一天夜里，散步时经过，无意识地把鼻子凑过去嗅，一股奇异的香直钻肺腑。我的嗅觉系统里未曾存储过那种香的记忆，仿佛不确定似的，茶梅花为何拥有如此脱俗的香气？之后的每一夜，散步时，经过它，都要把身体倾倒下去闻一闻。无力用语言描述那种香气，甜甜的，糯米发酵后的甜，桂花酿的甜，是单纯的甜，杂糅了植物清气的甜，那么脱俗，仿佛一个骨骼清奇的人一下来到目前，简直令人心惊。含笑的香味也是甜的，甜度过满，简直甜齁了，有失真感，是放了香精的甜，工业化的甜，甜得有点迫人。而单瓣茶梅的甜香，则袅袅娜娜的，往里收的甜，含笑的甜是奔放的甜，狂飙突进的甜，有侵略性，嗅觉系统有点招架不住的甜。

大约想起来了，单瓣茶梅的甜，是蜜甜，童年里山芋熬出来的糖稀的甜，好闻得成了日后的经典，一直甜到心底。人的身体是一架钢琴，稍一碰触，便会流淌出甜的混响，可惊起一群白鸽。

今天的天气，薄阴薄晴，像人的心情，有一点雾数，写着写着，精神上忽然陷入一大片幽暗地带，孤独感虫子一样飞速地爬上来。这一刻，我想逃离……每一个人的精神世界里，都有或多或少的空洞吧，无法填满的精神黑洞，那是抑郁的起源——这种精神上的黑洞，是人类高攀不起的，无法克服的。

此刻，我想带一支笔和一个本子去到人头稠密的场所去，那里有许多活生生的热气。我躲在拐角处，悄悄观察他们，然后写点什么……慢慢地，我会复原，一样地投入到正常的生活里。

转眼清明，只剩一个"谷雨"的节气了，春天不多了，因为短暂，所以值得热爱，又怎能荒废呢。

之十

这荒无一人的凋清寥落

H君:

　　小长假,我们去了一座孤岛,桃花源一样的偏僻宁静。岛上隐有一个小渔村,走着走着,我看见泡桐树在开花,浑身上下,几乎没长一片叶子。这棵树很有些年纪了,老得褪去所有枝条,只剩下一根骨感铮铮的主杆,冒出几串紫花……那一刻,无比恍惚,瞬间决定,留下来居一宿。尤其是孩子。

　　这里四面环湖,必须靠船才能到达。

　　我们一起寻找居宿,找了好几家,终于找到一处,讲好价格,我坐在他们家的客厅里歇息,忽然发现有好几户人家养了许多公鸡,意味着凌晨三点开始打鸣——我神经衰弱，一听声音便醒。那一刻有悔意，还是想乘船离开，可是，孩子怎么劝，也不愿意走。他说非常喜欢这里的环境。孩子在小城里生活，只去过一次我的故乡，可是他的气质，还是随我。

这一晚，我几乎没合眼，鸡鸣太过频繁。枕了一夜油菜花的香味，半眠半寐，山风依稀吹来蚕豆花的香味，豌豆花的香味，我睡在虚幻的水之上，醒神的花香之中……

黄昏，众鸟归林，八哥最多，一起停在树梢间，讲个不停。山下有水潭，成千上万只蝌蚪扭成一股黑绳子，在水里蛇行。这里的几棵辛夷，仍在开花，橙黄色系，纤尘不染。看见这样的辛夷，自然会想起王维以及《辋川集》。王维这个人就应该活在中年的春天，活在四面皆水的孤岛之上，活在鸟鸣山更幽的诗歌版图里。

所有游客在五点半之前乘最后一班船离开了，只剩下我们一家三口，在山脚下捡拾黄昏。

这里有一座古寺，初建于东晋，历千年而衰落，残破不堪。有两位居士，义务帮忙，一位烧火的厨师，一名住持，没见着他，会客室里有一套工夫茶具，泛着光，有些年月了，仿佛刚泡过一场茶，不便进去打探。天井里的牡丹正开着，白色的，无比宁寂，一棵紫色的，尚打着花苞。我和孩子坐在花阶上，各想各的心思。

喜欢这样的荒无一人的残败，凋清，寥落，别有一股寂气。什么都是破的，下雨时，屋顶漏水，许多铝盆在那里等着接水……寺院东面荒着七八垄菜地，烧火的师傅拿着镰刀正在四周除草。我问他，怎么不种些菜。他说，平时太忙了，要劈柴，买菜，烧饭，没有时间种。寺院后面平房屋顶上，果然有一个大烟囱。师傅还说，虫子也多，种出的菜都被虫子吃了。这些年，我一直有疑惑——为什么小时候跟着妈妈种菜的年代，没有那么多的虫子呢？

中国土地的生态系统，什么时候失控的，也不得而知了。

拿起锄头挖了几下地，一块黝黑肥沃的好土壤，一个劲地怂恿师傅春来一定种点东西。菜地边缘有一畦地，被白色塑料布覆盖着。师傅说，是沤的底肥，豆角秧子、南瓜秧子要用的。听说终于要种菜，方心满意足离开。

——正是我所向往的地方啊。幽寂无人，一些些的衰落，两棵朴树站了怕也几百年了，刚刚萌发新叶，四望，皆是一望无际的湖水，大海一样雾气茫茫，没有边界。真想去挂单。白天给他们种菜，夜里写东西，一夜一夜，想必睡得香。

黄昏的时候，我与孩子在村里游荡，又碰到寺里烧火的师傅，他拎着一只桶，黑狗在他面前欢快地引路，乌黑的毛色里已然杂有白发，上了年岁的一只狗了。我们去时，它趴院落的路上晒太阳，眼神温和，见惯了陌生人，永远放下了警惕，眼里有佛一样的光芒。我对着师傅惊讶一下，笑笑，他也笑，侧身而过。我回头又看看他，敦实的背影，仿佛有独自的意味，也是无边的寂寞了。他是庐江人，把一生都献给佛了。不忍问他有没有儿女。

若有儿女，儿女又怎么舍得让自己如此大岁数的父亲孤身前来僻野之地辛苦地生活？

怕是没有儿女的，孑然一身……只顾着与他聊天，临走时竟忘了给他一点钱。或许给了也不要的。他活得自尊。

回到城里，常常想起他来。一个人孤苦伶仃在荒岛生活，劈柴，洒扫，煮饭，炒菜……没完没了的一日三餐。

他说话非常非常慢，特别结巴。我尊重他，耐心听他叙说一切日常琐碎……那一刻，他可以感受得到一个陌生人对他的尊重。我说，你好忙啊，真不容易啊……他笑笑，仿佛有一点苦涩。

以后有空，我们还带孩子去看他，以及天井里那几棵白牡丹。一株蜡梅高过天井的围栏，隆冬大雪之际，又是另一番景象吧。

临走，问居士，可接受挂单？他说，没有房子居，有时来人，四个人挤在两张单人床上。

晚餐时，见我一个劲地说着小村的好。那家的女儿说，你待一天觉得好，时间长了你肯定受不了的。我说，怎么会呢。到底，她不懂我的心意。

这个村里，仿佛从来没有过年轻人，都居到岸上镇上了。只有老人，还有一口井。

一位老人在洗衣服，我给她打水，好像她就是外婆，她向我荣耀地诉说着，这里的好处，空气好，安静，树叶上没有灰尘。她说，不像你们城里，我是居不惯，那么多车子，吵死了……这里家家户户都是平房，整洁干净。每家门前都栽枇杷树，正值挂果期，郁郁累累，隐在白墙黛瓦间。鱼鳞瓦上生着青草，苍苍翠翠……随便坐在石阶上，望天，望水，淤积多年的体内浊气被悉数清空，鼻腔里被灌满花草的芬芳馥郁……

夜里，吃罢晚餐，借了一盏矿灯，我们在山脚下闲走，是弯弯的细月，隐在薄云里，仿佛长了毛，恰便是古诗里的毛毛月吧，并非杜甫的藤萝月。天上没有一颗星星，四周皆黑，有一点点害怕。湖之对岸，有灯火，白练一样飘拂在遥远的天边，离我们很远很远，真是孤岛，一九九八年通电，至今没有自来水，我们用的喝的都是井水。

黄昏，与孩子四处闲走，又看见下午井边洗衣的奶奶，她坐在门口矮凳上嗑瓜子，咫尺之地，是菜园，青蒜壮硕苍翠，豌豆花幽幽白白，植物们一齐默默地生长着。

生长，也是一种陪伴，长情的陪伴，比如寺院里那只上了年纪的黑狗，对烧火师傅的陪伴，比如这些蔬菜对洗衣老人的陪伴……

人与人的陪伴，终归是短暂的，唯有植物，唯有山水自然，对于人的陪伴才是永恒不灭的。它们一直在，但凡需要，它们随时会来到你的身边。

虽一夜未眠，但空气好，第二日，人依然有精神。用过早餐，我们又上山了。

整座山都是我们的——苍松高耸，枇杷树郁郁幽幽，茶园苍古……清晨雾气中的翠竹修篁，比昨日阳光下的更具审美；大片的杉木林，一棵棵，可合抱之，春天既萌发生机，也催生衰残没落——刺状杉木枯枝一根根落得满地,叫人想起儿时,去外婆屋后的杉木林捡拾枯枝,回来烧火,哔啵作响的往事。通往山上的,有许多小道,山幽气清,晨鸟众鸣,还是八哥最多。八哥这种鸟,气长,咏叹调一样,把一句话拉得太长,加上悦耳,我们只能倾听,无法插嘴。实在忍不住,朝树巅的它们打一声唿哨,嗬,不得了,它们不依了,说起话来,频率更加密集,密不透风,那一句句话,真长啊,可与西方小说的长句媲美,在人前,八哥终于炫了一次技。我们只能倾听,这天籁中的一籁。

渐渐地,岛上陆续来了外人。我们悄悄乘一艘渡轮离开,风大,微微有一些凉意。行于茫茫水上,回头看,那座孤岛越来越小,越来越远,我们仿佛不曾去过……

之十一

因为古拙

H君：

昨夜大雨如注。不及凌晨四点，便被雨声惊醒，再也没有睡意……总是侥幸心理，不起来，说不定过一会儿还能睡得着呢。只是，每一次都失望——没有人像我这样在四季的黑夜里轮番坚守。黑夜它究竟有多深刻广袤，是无法诉说一二的。

临睡读萧红，她在小说里写：满天星光，满屋月亮，人生何如，为什么这么悲凉。

萧红没有用问号收束，她用的是句号。原本谈不上诘问的，只能自己悲伤给自己听。这女子在短暂的一生中，纵然尝尽人世的悲苦哀凉，下起笔来，却也冷静从容。

《呼兰河传》，我是坐月子的时候看的。最近，朋友赠来一箱书，这本书也在其中，我又拿来重读。一本经典的书，是可以印证心迹的。这七八年，因为孩子，吃了很多难言之苦……而今再来读萧红，又是不同感受，句句贴心入骨。她的眼界真高啊，置身那样混乱的年代，一直不为政治意识所左右，写自己认为值得写的一切。多少年过去，浊浪淘沙，她的昔日友好，如今一个个地成了"古人"，唯有她历久愈新，永远光芒四射。她天生就是写小说的胚子，把呼兰河街上的一个大水坑，都表述得如此神奇，是抽离的，冷淡的，一点点地描摹，犹如一个顽皮孩子，看着众生在水坑前尴尬辗转，都是引车卖浆者，贫苦的人，赶大车的人，卖豆腐的人。

说起贫苦者，没有人有萧红那么垂怜他们，一字一句里都饱含着爱意，是广大的慈悲一点点地分布。一个平凡人家，想吃一块豆腐都得忍住，实在忍不了，撂下一句狠话："不过了，买一块豆腐吃去！"萧红在后面添几句：

"这'不过了'三个字，用旧的语言来翻译，就是毁家纾难的意思；用现代的话来说，就是：'我破产了！'"

无比淘气灵性又老成持重的写法，真是爱死人了。

然而，贫苦之人，吃一块豆腐，都要下这样大的狠心……往深处读，简直字字血泪。

可是，萧红却以如此轻松俏皮的语言去描摹，足见其功底，有多深厚。

我一章一章往后读。读着，读着，又倒过来，回头再翻，一遍一遍重读，翻来覆去的，不过是无比欣赏，这样好的文笔，每一个字，每一个句子，都是那么平凡，为什么她把它们这么随意地一组合，则发出了这样奇异的光彩，叫人如此难舍？

难怪鲁迅那么爱惜她——这世间不可多得的聪明女子。

可是，她在处理自己的感情生活方面，却又那么的糊涂，错一步，步步错，一路错下去。她太弱了，无力挣脱命运的牢笼。我不太懂得她的心意，也不可妄说——说得不对，反而是对她的折辱。

她身上有一股子侠气。与端木婚后，朋友帮她搞来一张离开重庆的船票，她竟给了端木，让他先走，自己挺着个大肚子借居在小友杂志社里，就那么旁若无人地，于人来人往的走廊上铺一张席子，两手后撑着地，艰难而缓慢地坐下去……朋友们都不解，简直生她的气了。她这是为的什么呢？在许鞍华的电影里，看着那一幕，我一点也不替她难堪尴尬，反而看出了一种地母精神——她如此的艰难不便，却把唯一的船票让给那个原本照顾自己的人。

那个人一直挺欣赏自己的，这就够了嘛。这一张船票里，有无尽的恩情。这世间，有多种爱，男女之爱，原本算不了什么了不得的情爱。

爱情是不堪一击的。

我一直欣赏林贤治先生的那本《漂泊者萧红》（许鞍华电影里每一个细节几乎都来自这本书），以一个男性的角度去写一本关于女性的传记，满目里皆是慈悲怜惜，真的难得。

有一天，接到一个陌生电话，是谈一本书稿的。之前，朋友对我讲，广州某出版社邀请他代约一部系列丛书，朋友便约了我的一部。后来他叮嘱，责编是个"老人"，不用微信、微博什么的，叫我发书稿的同时，把电话号码留给对方就可以了。

电话接通，原来就是林贤治先生，他的普通话里杂有浓重的粤语味道。第一次与自己敬重的师长通话，本能地紧张，不晓得说什么才得体，只一个劲地"唔唔唔"。林先生还说，买过我的《诗经别意》，顿时惭愧，觉得没写好，更加不好意思起来。我也想说，买过他的萧红传记，可是，脑海里怎么也搜索不到传记的名字，只好把话咽下去。

那天下班回家，太累了，真是累得手机都拿不动。我用的是免提，自己瘫在沙发上，手机放在耳朵边……

挂掉电话，家属忽然说一句：这个人好正派！

真是奇怪，为什么讲几分钟的电话，就能判断出一个人的人品呢？

我的不擅于口头表达，往往被人误以为冷漠，不懂事，不讲礼数。永远这样，真是百口莫辩。我也委屈啊，可是，你能叫一个口讷的人怎么样呢？

每个人都有死结吧。我也不想努力去解了，随它去吧。

这几天，看看萧红，又忍不住看看汪曾祺。一样爱不释手。

汪老头的小说，几乎全涉猎过，这次重读，还是有新意。

他的东西为什么好？

因为古拙。

一个卖馄饨的，挑的担子都是楠木制的，精巧，耐用，整天挑着这副担子走街串户，别提多有古意了。

汪老头的这一副文字的担子，可真有来历呀。

现在的作家太缺乏古意了，只有一身的匪气，戾气。

蒋勋的气息也好，都是一脉承担下来的。我们全家听他讲杜甫讲红楼，听了五六年，听坏了两只小录音机。再去下单同款的，淘宝早已缺货失传，说是厂家不生产了。我们每天早晨听，刷牙的时候开始，一直到早餐结束，成了惯性。后来再也听不见了，怅然若失。

　　有一次，与家属提起，叫他再买一只别的款式的小录音机。最近，我们家又恢复了早间蒋勋课堂。还是杜甫李白，还是红楼，一段段地听。这也是一份氤氲吧。起先，是家属想给孩子启蒙古诗词，未曾想，把我这个大人也听入迷了。我会在心里比较，我的对于古诗词的见解，与蒋勋的，有什么不同。

　　古诗词是永恒的好，但，这种好，它对于不同知识背景的人，则有着不同的投射。蒋勋的眼界，高度，都比我的开阔，令人瞬间"补了差价"，久而久之，你的眼界就会被提升——因为会心，而被提升。蒋勋讲王维也讲得好，这样的好，不是每个人都能体会得到的，应该庆幸，感恩。中国的文字延续几千年，其间承载的东西太多了，然后我们学会一点点地剔除，还原，回到本质，慢慢地，走向天心月圆，走向白茫茫大地真干净……

这么说，热爱文学的，都是荒凉一派。最后，什么也没有拥有，可是，我们的心里应有尽有。

好想居山去，最好在一个寺院里挂单，哪怕居两个月也行，每天按时吃饭，按时休息。我想完成一本书——将宋元的那些画家捋一遍，慢慢将他们的画写出来。不晓得多喜欢范宽等人的画，有许多话要讲出来，需要长时间的安静，不被俗务打扰。现在的时间都是零碎式的，总被工作、家务、孩子所切割，无法凝神静气。真怕憋着憋着，便消逝了，待日后动笔，再也流淌不出了。

有一天，看见溥雪斋的画，满眼雪意，简直被震动。好喜欢啊，那么的脱俗高远……可是，听故宫博物院的人讲，他的画一九四九年之前很有市场，但之后，由于审美的关系，价格就掉下来了。那个专家说的蛮隐晦，我倒是听出来了，真是可笑……

之十二

造物送给人类的礼物

H君：

这里七八天，阴雨连绵。今天终于晴了，并非朗晴，是夹杂了雾蒙蒙的晴。阳光仿佛无力得很，穿不透低垂的云层。五点未到，被楼下人大声的咳嗽声惊醒，再也无法入眠。六点半起来，抽空去外面慢跑几圈。几日不见，我家屋后草丛里除了茂盛的野豌豆苗以外，竟然有了数不清的紫花地丁、白花地丁，星星点点，紫白相间，开在杂草缝间，望之，悦然。去年一棵都没有，今年突然长出来，犹如天外来客——得归于飞鸟的功劳，它们不晓得在哪里吃了籽实，恰好飞到我们小区上空排泄，从此便也留下种子。

万物神奇啊，一颗颗小小的种子自遥远的地方被飞鸟带至四面八荒，落地生根，发芽，开花，从此定居下来。这些美丽的存在，永恒的存在，恒星一样，千万年未曾改变过。

往年，一树李花落了，也就落了，今年大不同，经过李树下，不经意一望，嗬，吊挂着无数小果子，暗红色系，椭圆形，樱桃那么点大，一场一场雨过，长得太过迅速，今年终于有野李子吃了。李树的叶子异常茂密，小果子长在密叶缝中，往下垂着，宛如迷你版马奶葡萄，让人禁不住要伸手去触摸，李树太高了，我太矮了，够不着，只能站在树下看，像看着自己的孩子——见风长。

春天是造物送给人类的礼物，让你一次次猝不及防，收获新鲜与神奇。昨天，送孩子上学，七岁的他又发出了天问：为什么春天叫春天，而不是叫冬天呢？我起先没太在意，就回答他：一年四季，春夏秋冬，是远古的祖先早就给命名好了的嘛。他锲而不舍：那为什么春天叫春天，而不是叫冬天呢？

真是把人问住了。我无法给他一个信服的答案。

大人的一颗心早已蒙尘，不比孩子，他初来人世，小脑瓜里想的都是终极命题，可以上升至哲学高度的。

是啊，我们正遭遇着的春天为什么不叫"冬天"呢？夏天为什么不叫"秋天"呢？

一个拥有赤子之心的孩童所发出的疑惑，在做大人的这里，真是无解啊。可见，我们多么苍白浅薄。是俗世的污浊一点点把我们原本无尘的心灵遮蔽了，以致整天浑浑噩噩而不自知。

人的及时反省，该有多难。

阴雨前一阵子，天气无比晴朗，连续两个早晨去屋后荒坡的甬道上慢跑，所看到的景象真是无与伦比。这些天忙别的事，忘了跟你讲讲。

晨曦微露，一踏上甬道，沟渠里竟然闪烁着无数钻石，它们滚动在茂盛的草叶上。这个时候，朝阳刚刚升起，霎时，玫瑰色、橘黄色的光线斜射到沟渠，人有一种幻觉，仿佛整个草叶上的钻石在微微晃动，那真是被神所照亮的千金一刻。由于地势的关系，白雾仿佛一齐集中在沟渠里，紧邻沟渠的是荒坡，荒坡上杨柳依依，美得无言——有一种记忆被迅速唤醒过来，还是童年，牵着牛去放牧，每一个早晨都是如此美丽，只是浑然不觉——晨曦微露至煦日东升，天地间白雾袅袅，草叶上的夜露闪闪发光，原来人世就是有仙境之地。不知道露珠为何要如此炫技，高难度地于草叶尖上玩杂耍，生了根一样立在草尖子上——怎么就滚不下来呢？真是天机。

春露与冬露是截然不同的，春露更白更亮，更晶莹，尤其心子里还居着一个个天使的样子——旭日乍出，这些数不尽的露珠仿佛成了一个个宝盒，倒映着宝光，甚至忘了自己的存在，一味在人世建立起七宝楼台。魏晋的诗词里已经有了"晨露晞晞"的句子，干干净净的，穿越千年而来。我们这里的晨露，也是魏晋的晨露吧，几千年未变，一夜一夜跨千山万水而来，难得的几个晴天，被早起慢跑的我发现了，一直铭记于心。

现在是晚春了，柳絮纷纷拂拂，飘得满池塘都是，金鱼好像不感兴趣，如果是松花就好了，鱼儿喜爱掠食飘到水面的松花，这个时候的鱼，叫松花鱼，新安江一代的水域就有的。我一直希望可以走一走徽杭古道，总是没有机会。月底会再去一次杭州，再去一次千岛湖。原本可以不去的，但，还是答应主办方了。非常喜欢杭州，可能与南宋的历史有关吧。我叫他们提前一天订票，这样就可以腾出半天去西湖周边看看，小孤山、满觉陇等地是我特别感兴趣的地方。去年秋天，没有时间，只在杭州过了一夜，深夜跟着众人在苏堤上走了一个来回，什么也看不见……

在经常慢跑的那条甬道上，从冬天就开始发现一对喜鹊夫妇，总是停驻在固定的那棵白杨树上商量着什么。每次去，它们每次都在，好像每天都在讲同一件事的样子。一开始，我没明白，待到初春，它们一点点地衔树枝搭窝，我才恍然有所悟——原来，夫妇俩一直为把窝搭在何处商量了半个冬天呢。好珍重的决定啊——两个一个劲地叫着叫着，临了，是要孕育小喜鹊呢。那只窝，它们搭得好漫长，及至春深，终于搭好，再去，就看见一只喜鹊在沟渠里觅食，再也不见另一只的身影，在这之前，飞到哪里，它俩都一起。可能另一只在扒窝了吧。如今，怕也是雏鸟出世了。这些天总是阴雨，一直没有去了。

喜鹊真是漂亮。它们身上的毛，除了洁白的那一部分，还有一部分根本不是黑色的，我仔细观察过，应该叫"紫檀色"才确切，就是那种黑得醇正，黑得绝望，然后有了涅槃新生，就成就了紫檀色系，无比高贵的颜色。它们停驻不动的时候，把翅膀收束得紧紧的，只有前胸是白色的，等到飞翔时，又是两样的了。双双俯冲滑翔时，有一种异端的美。黑白永远是经典色系，不比孔雀、鹦鹉们，乍看，怪惊艳的，但，不经看，看多了便审美疲劳了，有一种脏兮兮的不洁感。而所有黑白色系的鸟儿都耐看，除了喜鹊，还有小燕子，披一身黑，到哪里都带着一把长且细的剪刀，精灵一样掠过水面，你看着它们，感觉人世一忽儿静下来，身边的草正在生长，万物都有着它们永恒的秩序。

　　小区里的紫藤终于开了。天若不晴，都对不起这一架紫藤，一年只有唯一的一次花开机会。紫藤在阳光下，格外静，有一种静是瀑布的静，兜头倾泻而下，你是接不住的，这种静。只会被鸟鸣声打破秩序。除了紫藤，西洋杜鹃也要大面积开了。等杜鹃谢了，便轮到蔷薇了。蔷薇有了许多青色花骨朵，一日大似一日。

　　春天所有的花，仿佛都在赛跑着开，都是性子急的，一刻不能偷懒，小号、单簧管、小提琴一齐出动，一个劲地演奏……春天的交响乐轰轰隆隆的，已然进入高潮，接下来会被满架的蔷薇拉入到尾声，无声地开，无声地落，满地残红……

　　看着绿天绿地的，人总是惆怅落寞感伤，犹如雨天在家听帕赫贝尔的《卡农》，小提琴拉得直比割肉剔骨——好痛啊，结果是，你什么也追不上，什么也无法拥有，甚至不及一棵小草，小草在每一个醒来的凌晨，可以拥有钻石一般的露珠；你甚至不比一朵落花，落花也曾被蝴蝶蜜蜂关注过的——还是伸手留不住岁月啊。人一入中年，便江河日下了，老得厉害，你无法对抗生命的衰老倦怠，只有一颗心，鸽子一样飞去飞来的，是苍灰色的。

到了夏天，就好了。夏天是德沃夏克的《幽默曲》，一点一点地带人升腾，自高处俯望人间的浓荫匝地，所有的日子都是明晃晃的，火热的，激情的，没有死角的，可以坐在地板上，静静读一本书，听一首交响乐——所有的阴翳不请自来。

何时才能完成一本古典音乐随笔呢？什么时候才能写出一本宋元时期的"读画记"？对他们早已烂熟于心，昨晚，家属随便翻范宽、宋徽宗等人的画，我一下便能指认出他们来，满纸苍烟，厚古辽远，现代人的画真不能看啊……

这个时候桐花也开了，可惜无缘得见。《子夜歌》写得真是好——桐花万里路，连朝语不息。

之十三

一个满是悲伤的人静而不发

H君:

　　天气太好了。买菜回,尽管卫生间里堆满脏衣服,
还是忍不住出去慢跑。终于知道《诗经》里那句"如
匪浣衣"的份量。

　　李商隐为什么要说"东风无力百花残"?可能这
里的"无力"并非现代汉语里所包含的意思吧,如同
《黄帝内经》里的"不治",并非"不给治"之意。许
多知识,都要细心琢磨,才能吃得透。现在的风,简
直是有点熏人呢——暖风熏得游人醉,直把杭州作汴
州。是说和煦的天气让人倦怠消极吧。所谓消极,便
是精神上的一种偷懒。

人在春天最易偷懒，因为春光太美。

沟渠里面长了许多芦苇。枯萎的，被砍去，又发出了一茬新的，一日一个样地往上蹿，是浅绿，迎着风招展，望之，有远意。还有菖蒲，肥肥翠翠的青绿，杆子自水里冒出来，远看，类似于茭白。这几天，菖蒲抽薹抽得最凶，仿佛气呼呼的，偏要一夜长成——端午不远了。

我家楼下小孩的外婆在墙根栽了几棵艾，不及三四年，已经葳蕤成一大片。每天下楼，每天有异样，砰砰砰地扣扳机一样地往上长，毛茸茸的叶子被风吹过来戳过去的，一会儿是绿面的，一会儿又是白面的，简直是魔术师当着众人的面洗牌，让你应接不暇。一阵阵的艾香气随着风送到我的鼻腔——我的电脑就在南窗的位置，稍微直起腰歪一下头，就可看见那一大蓬艾。

小区草地全被野豌豆苗占领了，这几天正值花期，紫色小花隐在茂密的藤蔓间，白天的时候，似乎没有香气，到了傍晚、清晨，芬芳扑鼻，哪怕在厨房洗碗，那香气都会袅袅地飘进来，给你闻。

慢跑回来，静静走在小区里，樟树开始发出一年里最为醉人的幽香，大风吹过，它们把叶子连同树枝搅在一起，墨团一样滚来滚去。

最激情的是紫藤，开花开到了憨态，好傻啊，也不知道歇歇，开到一嘟噜一嘟噜地，风铃一样垂挂而下，风就冒失地跑过来了，来来回回地摇啊晃啊——到最后，奇怪得很，怎么不响呢，这些紫色的小铃铛？

人隔着老远，就能闻见紫藤花那种特殊的香味儿，可以入嘴的，沁甜的香味儿。就势坐在紫藤架下的长椅上吹吹风，四周一个人也没有，唯有阳光普照，麻雀在不远的柳树上叽叽喳喳，小燕子可能还没有回来。我把手机打开，听一首约格·鲍曼拉奏的福尔克曼的《a 小调大提琴协奏曲》……就是这个福尔克曼，他的作品几乎在当时被埋没了。通俗地讲，他的东西不甜，不迎合大众，像极了当年的梵高，一幅画也卖不出去，寡不敌众，唯有清寒，郁郁而终。一个大天才总不被俗世认可，能不崩溃吗？现在我们再看梵高的《星空》，何等震惊啊！一个活在低智人群中的天才，他的日子注定不好受的。"文革"时，林风眠不知烧掉多少好画，后来，他去香港，凭借记忆也没有还原出多少。

也真是怪呀——肖斯塔科维奇的作品，总是在冬天的时候，想起来去听，如果现在放肖斯塔科维奇的作品，怎么听，怎么不对，具体怎么个不好法，似乎也是不大能够讲得清楚的。比如拉赫马尼诺夫的第二钢协，你这时候听，仿佛也不大合适，非要大雪纷飞的隆冬，手里捧一杯热茶，静静坐在暖气片边，深深地被他的旋律环绕，慢慢地，于精神上，你就抵达至白雪皑皑的荒原，在雪里深一步浅一步艰难跋涉……

音乐是没有边界的，它只有纵深，它比绘画和文学更高级。勃拉姆斯就不一样了，你可以在任何季节里听他。他的第二钢协，不分寒暑，我听了好几年，不必像柴可夫斯基的第一钢协那么波涛汹涌，何等静谧——静谧的，也是广大的，广大到渺无边界，可作婴儿摇篮曲，孩子在这样的旋律里是可以安心睡过去的，做着一个个天使的梦。

勃拉姆斯是个无比静气的人，贝多芬就是一头狮子。勃拉姆斯仿佛从来如此——一个心中满是悲伤的人，都是静而不发的，可以化命运的波澜壮阔于无形，勃拉姆斯这首第二钢协，常常可以令我闻到兰花的味道，那么香远益清，一点点地回旋往复，若将西方的古典音乐还原成中国画的话，勃拉姆斯这首第二钢协，就应该是一幅兰，寥寥的几片叶子，开了七八朵花儿，永远蹲在窗台上，默默幽香，无时无刻，不将你的身心充满。这幅兰也可印在陶罐上，小得盈盈一握，米白色底子，衬了几笔墨兰，适合把玩，待春末时，想起来，插几朵蔷薇，要那种浅粉色接近苍白的蔷薇，三两朵，寥寥的，记得注点水——然而，勃拉姆斯的音韵音色就是那一掬水，留不住的，像张爱玲在《小团圆》里回忆与桑弧的恋情：他把头靠在她的腿上，她禁不住捧着他的脸，像掬一捧水月在手，时间都在指缝间溜走了……

看张爱玲写这段注定无果的恋情，刻骨的惨伤。

孩子有一天对我说，非常喜欢班上一名女孩。我问：喜欢她什么？他说：他讲话好温柔，好文静的样子，长得白白的……我鼓励他跟那女孩搭讪。他不愿意，比较寂寥地说一句：我又不要她喜欢我，我喜欢她就行了。近日，他又回来说，下课的时候，我就默默跑到她后面站一会儿……

我的孩子随我，真够自持的。

为什么一个小小的人儿如此地充满悲剧意识？为什么不主动去跟人家女孩说话呢？他难道与夏济安一样的内敛吗？作为一个妈妈，怎么忍心看着自己的孩子受苦？

可是，又能怎么样？人，生来就是受苦的。

这样蛮好。挑明了，万一别人无意于你，岂不梦灭？暗恋很好，有永远不会破灭的美感，具有审美的永恒性。做家长的，这时候就开始变得势利起来了，趁机灌输给他：那你一定要好好学习哦，女生都喜欢成绩好的男生，对不对？要想取得好成绩，就要把别人玩的时间拿来用在学习上。

也许，为了他心爱的女孩，渐渐地，他在做我们额外强加给他的卷子时，就不感到痛苦了——变被动为主动，一举两得。

恋情，可以塑造人，让人越来越美好。

之十四

没有永恒不变的东西，除了四季

H君：

魔鬼附身，凌晨四点醒来。去开窗户透气，撩开窗帘一角，你猜看见了什么？一轮明月挂在中天——美得令人魂飞魄散。第一次遇见这么皎洁的月亮，有一种美让人陷入到不安中，不，是惊恐。除了走夜路的人，谁在凌晨四点可以看见这么脱俗清奇的月亮？

被这种无法言传的美深深震撼，你想象有多激动，更睡不着了，脑海里万马奔腾，无以自控。想写写吗？不可能的了，有了苏东坡的《水调歌头》，谁写，都上不了台阶，打不开局面了。除了这样的月亮，还有一次，我在九华山，盘山路上，车过一处，眼底下尽是云海,司机怂恿我们下车拍照,大家都没有动。看着那么广大浩渺的云海,我惊呆了,一句话说不出来,梦幻一样的境界,美得令人失语。纵然久矣,但,每每忆及,昔日云海也能来到目前,来到脑海。

我最喜欢三样东西,晚春的桐花,布谷的叫声,波澜壮阔的云海,如今,又添一样,凌晨四点的明月。它们仿佛都不是世间的拥有。我已经好几年没听到布谷的叫声了。刚来合肥的某个深夜,曾听过一次,感慨系之……

也没必要沮丧了,虽然没有好睡眠,但,难得看见一次这么美的春月,高高地悬在天上,天际漆黑一片,不是黑,是黝蓝色系,透过如水月光,我仿佛看见了宇宙深处……

六点起来慢跑。太阳被远处的高楼所挡,我只看见东面的天空,大团大团的橘色,佛光一样闪耀,迎着微风跑,深深地呼吸吐纳,幻想着把体内的浊气悉数排了出去,顿时有身轻如燕之感,可见,人是可以暗示自己的,这也是一种自控。

实在跑不动了，就去对面的荒坡走。柳林下铺了一层白絮，米色，像极蚕丝，湿润润的，脚踩上去，柔软有度。是柳絮，落下来，被杂草牵住绊住了，再大的东风也拽不走了，一点点地积蓄，到末了，如此壮观，白漆漆的，给大地铺了一床蚕丝垫单，温柔得可以承接一个个梦。到处都是野豌豆苗，有的开花，有了结荚，青丝欲滴的豆荚，犹如迷你版荷兰豆，入嘴，想必也是甜的。芒草早已抽穗，赭褐色。抽出来的穗子已经老了，不能吃了。小时候，我们趁着穗子尚未抽出，就拔一根，把外围叶子剥掉，塞进嘴里，微甜，与棉花糖口感相若，一连可以吃好几棵嫩穗子，抵饱得很。下到沟渠，直接站在一大群芦苇跟前，美好的气味，是闻不够的，贪婪地深呼吸。稗草的味道，大黄的味道，所有植物的味道都那么好闻，清新，独立，醒神，它们虽置身都市边缘，但，一直也保留住了荒野之味，把童年的味道一路贯穿了下来。

　　露水把一双运动鞋全部打湿。绕到小区紫藤花架边，爱早起的白头翁隐在花丛里，东看西看，好像拿不定主意，这个花是否可食？管它呢，就把喙啄啄，呀，是甜的，一个劲地啄食，不行，花太多了，又贪心，不停地移动，从这一串飞到那一串上……看着这些自然界中的精灵叽叽喳喳，你还有什么沉重的心事么？坐坐吧，地上都是落花，太阳升得老高了，又不急着回家煮粥，多坐一会儿，让花香沐浴你……不远处的小池塘里重新有了生机，若干盆睡莲发芽了，是了，春深了，没有什么不愿意发芽的。每年这个时节，都会条件反射地想起杜甫那两句好诗：

圆荷浮小叶，细麦落轻花。

再过一阵，要割油菜了。收割油菜的时候，豌豆、蚕豆就可以吃了。这样的四季，一环套着一环，扣得紧紧的，从不失信于人，几千年的农事都愿意依附于四季的转换，葳蕤不息，这就是亘古吧。

人世间没有永恒不变的东西，除了四季。

许多藤本植物，唰一下，就那么直挺挺地从坚固的土里钻出，如此柔软，却又如此坚韧有力，锯齿状的叶子捧着头顶深红色的触须，一日高于一日，仿佛长了眼睛似的,一下便攀住了身边的水杉,迅速把触须往大树身上缭绕,到了盛夏,树长多高,它就能攀多高。

许多树死了,被挖走。只剩一抔黄土,我好想在上面栽几棵南瓜秧子。今早在菜市,我看见许多黄瓜秧子、瓠子秧子、辣椒秧子、茄子秧子……情不自禁跟那位大姐讲:好想栽菜哦。她说:走吧,别待城里了,跟我回乡下种菜去。这样说道的时候,非常快乐,仿佛拥有了一块地。这就是一个乡下人根植于内心深处的一点念想。

我发现盛夏开花的灌木或者树,发芽要迟得多,比如紫薇,苦楝,还有合欢树。都晚春了,它们才刚刚长出新叶,紫薇和苦楝都是我比较喜爱的树种。一整个酷夏啊,除了木槿,就看它们在开花,一直克勤克俭开到秋末了,可能消耗的养分太多了,便在春天里偷个懒,到了晚春才长出叶子来,积蓄一点力气,用来在长夏开花。

今天好热,阳光开始刺眼了,西洋杜鹃没完没了地开着，鸢尾也是……它们也寂寞，没有多少人去关注了——春天深了，人们都赶着做别的事情去了，比如那一架好紫藤，妇女们都不看它们，妇女们只喜欢舞剑，打太极，搞一个小录音机，唔哇唔哇地，没完没了，末了，把家伙收拾一下，又匆匆往菜市去了，唯独我，把自己过成了一个闲人，到处看看花看看草，我是它们的知己，我爱它们……也许，它们也爱我？

应该的，人身上要有一些植物性。

现实里，遇见的人，大多带有物质性，属于目标性动物，极少有植物气质的人。

什么是植物性气质？

眼神安静，早睡早起，没有什么物质的欲望，像一棵草一朵花那样地活。

之十五

文字体现一个人的心性

H君：

　　明天谷雨，春天最后一个节气了。转眼，一个季节过完了。

　　蔷薇开了。绢白色系的，复瓣，攀在墙头，老远，可望见。近日风大，这些绢白色的花朵被吹过来吹过去的。这种绢色相当耐看，犹如薄绢，是可以在上面作画的。

　　昨天在网上搜了几十张溥雪斋的画。这些虽画于民国，但，放眼而去，一派云烟苍古，说是出自南宋，也不为过。天生的有古意，苍远——那山，那水仿佛历经了无数朝代的更迭，才慢慢来到眼前的，说到底，

111

是逸出尘表的脱俗之气……真是喜欢他的画，甚至胜过喜欢他的堂哥溥心畲的。

刚才，我在厨房切菜，一抬眼，对面新闻部同事家的蔷薇也开了，玫红色系的，几十朵点缀在绿叶丛中，忽然恍然——这些花朵与季节一样，作为平凡的人，你是留不住的，我们只能眼巴巴看着她开放，枯萎，凋零，好比置身于季节之中，却挽留不了它的流逝，心随流水，只能顺着它的方向流淌向前，有时尚且不一定可一直往前，还可能向着低洼回旋，然后又折回……

近日，情绪突然陷入低落，无法掌控，最根本的，是对于自己的失望。

一本旧书再版，我拿掉自序，出版人说要有个前言什么的，我就找朋友帮助写一个代序。朋友要看整部书稿，在决定发他之前，我匆匆浏览一下，大失所望。这部书稿大多内容写于七年前，现在怎么看，怎么不对，恨不得推倒重写，可是哪有宽裕的时间呢？

那种对于自己的失望情绪，简直是毁灭性的灾难——眼前所见，一切都不好了。

是个惯于自省的人，如今再看那部旧书稿，三分之一内容是有生命力的，其余的，太过平实平常了。虽说，七年前书写，也是凭借生命经验，但，七年以后，我的精神有所成长，生命体验较之过去，应该有所纵深，或者，书写的边界更加宽广一些。

前阵，一位陌生的书商朋友找到我，说是要把《华丽一杯凉》《风吹浮世》再版成一本书，拿掉一些篇章。印数、版税都谈好了。但，问题出在——我在硬盘里找到这两部书稿，竟然没能读下去，读着读着，直起鸡皮疙瘩，简直到恶心的程度。想想，还是拒绝出版为好。不能坑害读者，更不能不惜名——纵然我的薄名也不值几个钱。再说，那点蝇头小利一般的版税最多也只够玩一次欧洲而已。

一直不能理解那些鸡汤体创作人，每出一本书，必到处签售，演讲……是什么信念在支撑着他们呢？我不行，如果昧着良心把少作重版，还到处签售——夜深人静之时，我的灵魂肯定看不起这个物欲的我，太现丑了。总有什么无时无刻不在省视自己。

这也不是节操的问题，反正过不了自己这一关。

也许，我可以不看那两本书稿，直接给出版人发去。但，又怎能不看呢？

所以，古人讲得对，要谨言慎行，少说，少做。放在我这里，就是少写，免得日后令自己恶心。

好在人是在不断地成长之中，有反省，有自知自明，不断地完善自己。

睡前，还是喜欢翻翻汪曾祺的东西。每一次看，犹如初看，行文平淡，却大有布局机心。昨天看见一个读者这样评价他：盐溶于水。太精当了，这四个字。汪的东西表面上平淡若水，但，并非一杯白水，是溶了盐的水。这些都是功底啊。

文字，是可以体现一个人的心性和格局以及眼界的。

前几年，我读到史航写给孙犁的一封信，差点读哭了。一名同样创作的后辈对于一位老作家的深情，足以把你打动。

孙犁的东西，我也喜欢。这个老人孩子气，特别纯粹，纯真，常常把小我情绪一并写在文里，一点不避讳，读着，特别真切——我就喜欢这种真切，甚至还有一点点脆弱，孩子一样孤独无助。他在一篇文里回忆，说是早年在广播里听什么戏，由于什么原因，只听到上半部什么的，临了，到了晚年，有一天，广播里又放这个戏，听着听着，忽然停电，曾经没听到的，晚年还是没听到……他感念人生怎么如此无奈呢，连一曲戏都不让他听全了。

多孩子气啊，特别明澈的一个老头。三言两语，就把你紧紧抓住了。有两个朋友都不喜欢他的行文，他们不喜欢的那一部分，恰恰是我喜欢的，有着小我情绪的。

许多人写作，有心机，知道什么可以入文，什么不可以为外人道。我不是，我心里有什么，就写什么。这是一种大老实，也是一种心证。

一次，跟同事谈谈文学。他非常诚恳地规劝，叫我以后不要在文里带上"小我情绪"。我试过，可是改不掉。只能先写出来，等拿去发表时，再删掉吧。也是这个同事，他不太喜欢孙犁，可能也是这个原因。可是，我喜欢孙犁，恰恰是因为——他的文里埋伏着许多小我情绪，让我看出了天真和纯粹。他真是文如其人，不钻营，不俯首……一次，他一个朋友要开作品研讨会，他便写信劝，与其开那什么劳什子会，不如回乡下走一趟……当然，怕得罪朋友，他这封信没寄出。

他开导朋友这几句，大有深意啊。回乡下，不就是去接地气的吗？

连日大风，开始飘杨絮了，嗓子痒得很。待在家里，又不能不开窗户。这个城市的园林设计师脑子可能坏了，大面积的行道树都是杨树，每到春末，这些飘絮来势迅猛，有人过敏，有人嗓子痒，难受死了。

低落的情绪真是戕害人的精神，无休无止的折磨……

今天，我不想写东西，在家翻翻陶潜的《杂诗》，第一首就是：

人生无根蒂，飘如陌上尘。

分散逐风转，此已非常身。

落地为兄弟，何必骨肉亲！

得欢当作乐，斗酒聚比邻。

盛年不重来，一日难再晨。

及时当勉励，岁月不待人。

陶潜真是大境界啊。尤其这一句——落地为兄弟，何必骨肉亲！到如今，我才懂。

正是因为人生无常，理想总是幻灭，何必在乎遇到的人都是不是亲兄弟？

——莫非，待别人，也要像待亲人一样，不分内外？陶潜的境界真高。

先是点出生命的幻灭感，我们的一生都无依无靠，平凡如尘埃，命运如风，爱把我们吹到哪里，就吹到哪里。这些都是恒常的，无以改变的命运现实。然后，他写出：落地为兄弟，何必骨肉亲！这样的笔锋一转，该有多么好，眼界，境界，都有了。

得欢当作乐，斗酒聚比邻。这样的句子被后来的李白承袭下来了，他们都是一脉的，一路贯穿而来。最后四句，又是昂扬的，就是说，人在参透以后，也不能消极，还是要一如既往地努力进取。这是近儒的了。前面的是道，是老子、庄子，到了后面的，又回到儒家。

最近情绪低落，莫过置身于"人生无根蒂，飘如陌上尘"的幻灭里，那么，要怎样调整，才能回到"及时当勉励，岁月不待人"的正常轨道上来呢？

陶潜的境界，究竟该有多高，愚钝的我一时依然懂不了。像他这样的一组《杂诗》，真是愁叹万端，屡复不休……写尽了世间的点点滴滴。

他在另一首诗里写：

荏苒岁月颓，此心稍已去。

值欢无复娱，每每多忧虑。

简直太切合中年心境了——阅历的丰富，往往使人对人生的悲剧性有更深刻的认识，年龄的增长，常常使人更难以寻得生活中的欢乐和悸动……

人活到后来，一颗易感的心，披风沥雨，慢慢地，也钝了，锈了，何来寻得到欢娱？

常常坐在电脑前，当结束掉一天的工作，内心无比空虚，黑洞一样令人手足冰冷，这个时候，就想立即去到人流稠密之地，即便一个人不认识，仿佛也不孤单了。

还是热闹嘈杂的人世——有一口热气在，可以把人留住。

之十六

我站在岸上，一次次看见了空无

H君：

　　凌晨了，没有睡意。

　　楼下人家发出剧烈的咳嗽声。现在的屋子多是框架结构，难以隔音。我神经衰弱听不得一点声音。这个夜晚，即将报废。前阵，也是整夜被这个人家发出的咳嗽声搅得睡意全无。

　　自杭州回来的动车上，毗邻的女孩，一直在解题，她学的可能是理工科，那些稀奇古怪的字母、公式，我一点都看不懂。夕阳的余晖里，她笃定地演算着，浑身上下散发出纯洁的静气……连续三夜没睡好，实在困乏，可又无法入睡，更无精力看书，一直机械地煎熬着，在动荡的车厢里，整整三个小时。

到杭州东站，排队打车，足足花去一小时。仅仅二十分钟到酒店，在附近的绍兴小酒馆吃了两菜一汤以后，实在疲倦，回酒店白躺一小时，根本没睡着，出门三点多，坐12路车，历经一个多小时，到达一公园，欲近黄昏。走到大华饭店那个位置时，胃疼，接着，浑身哪儿都疼……真想一骨碌坐下来，哀哀地哭。

天上堆积着灰云，风越来越大，岸边有人拉胡琴，穿旗袍的老年女子在唱越剧，滴血一样哦，把西湖都吵死了。盛世一样的喧嚣，让人颓然地坐在水泥阶上，实在想哭。

叫划船的小伙送去小孤山，价钱说好，临了，他又改主意，说要下班了；满觉陇更是去不成。他们仿佛个个精明而世俗，一齐杂七杂八地嘲笑道：那里是乡下哎，有什么好去的咧，不好玩的……

他们不懂。

好失望。前面不远处就是雷峰塔。不想再继续走下去，坐在冰冷的石阶上，望着眼前这些层层叠叠的温山软水，无数东西翻涌……

那么多的人，东方人，西方人，老人，孩子，男人，女人，热恋中的情侣，淡漠的中年人，一齐在湖边流连。我作为最不起眼的一个，形容疲倦地随着人流移动……好傻。

当你一路行来，在心里面储备了很多东西，却一次次地错过，不能与之共情，怎么不难过呢？当来到这个南宋的文化中心，当你心中布满了苏东坡、范宽、夏圭、马远们，然后，眼巴巴看着他们流逝了。这个地方是他们曾经生活过的地方。这些山山水水，历经几个朝代的兴衰沉浮，依旧还在这里——纵然人都不在了，但，他们的诗篇、画作却永恒不灭，与山水同在。你怎能不感念？

天色灰沉。南宋在我的眼里，也一直是灰沉沉的，但，西湖这样子的山水格局实在令人流连——暖风熏得游人醉，直把杭州作汴州。谁会想到，就是这样温软清逸的自然环境，成就了南宋文明的巅峰？无论绘画领域，还是科技、医学领域，都是首屈一指的，甚至超越了盛唐。

酒店书吧间，一眼看见蒋勋的书，拿起来随便一翻，就是南宋的那些画，他一点点地分解，简直字字入心。一直在储备，将来有机缘，希望可以写写范宽他们……蒋勋一直是我欣赏的那类作家，他的功力在于随时地点拨你一下，让你惊叹，哦，这样子啊，一下豁然。这个人堂庑广深，读他几页书，胜过别人的几十本。

在12路车上慢行，偶或看见欧米伽专卖店，细青砖勾白缝的外墙上，开了一面巨大橱窗。我年轻时看朱天文小说，女孩子跟男友分手后，忽然有一天，想起什么，哭着走了好远的辛苦路，在基隆河边，把一块欧米伽咕咚一声丢进水里。

曾经，我想，女孩傻啊，典当掉也好，可以换回几季的裙子……

现在，终于明白，应该丢掉。自糊涂到明白，中间得历经几十年的光阴岁月。而，生命里许多的事情，都是被我们的混沌不清费掉了的。

去一公园对面的丝绸店，一条蚕丝长裤两千多，实在买不下手。我要辛苦写几天才能挣回来。但，也不失落。物质的东西，可无限拥有，也可无限放弃。

人生并非吃饭穿衣，还要建立精神的广厦，一个小小的"我"，居在里面，方不为外物所动。这样你会强大一点儿，外物纵然夺人，但不足以击垮你。

回酒店的时候，下车早了，迷路了。记忆里是那条路，实则，根本不是。问了无数人，还被人指错了路——移民城市，外来做生意的人口多。说出一条巷子的名字，人家根本不晓得。后来，问一个修鞋的老人，他说，离目的地远得很。有点慌了，沿着湖墅路疾行，竟然走过了，折回来，问贴烧饼的师傅，再问警亭里的值班小警，他都说不清楚具体方位。

把导航卸载了，没法借助高科技，以致走了许多冤枉路。天已黑透。假若一个人旅行，我的生存能力真的成问题，既不识方向，又记不住路牌。

还是去了中午那家的绍兴酒馆，叫老板娘下一碗青菜面，结果，小妹端上来一大盆，太多了，足够三人吃。虽不合胃口，也勉强吃了一小盏。临走，老板娘送一小袋抗过敏的试用装，叫买一元钱的那种矿泉水稀释一下涂脸……走在路上，泡桐花还在路灯下开着，那些紫花与白天的两样，散发出夏天花露水的香甜，让人想起童年，有微微的远意。酒店旁边是枯树湾巷，安静极了，路灯把人影拉得好长。在影子里，慢慢地走，慢慢地走，去小店买了一个丑柑，一个苹果……

那么，杭州，这座南宋的文化中心，我也算是来过了？

翌日，起得早，餐罢，离出发时间尚早，去菜市转转。最喜欢去菜市，那里仿佛是生活的根部，让人踏实喜悦。这个世上，似乎没有几样东西可以轻易把我带到快乐之境里去，不知是缺乏自我快乐的能力，还是心如死灰沉疴积厚？有人在剥黄泥笋，润白润白的肉身，望之，便是来自天目山的。问之，果然是。

想想，买几棵笋，坐在门前泡桐树下剥剥，紫花

落了一地，两只脚都没处搁，全是花——在花香里剥
笋，过自己的日子，平平凡凡，落落大方。银杏叶那
么绿，在晨曦里微微晃动，小鸟嘀嘀咕咕，偶或风来，
带回槐花的清香。一个人走在异地小巷，不断地与陌
生人擦肩。慢慢地走，慢慢地看，昨日迷路的狼狈隐
而不见，重新活出新天新地。

我们往千岛湖去。

车子路过钱塘江，富春江，都是满满一条江水，
快要溢出来，春林初盛的样子。富春江镜子一样，不
比秋天的浑浊，今春如此清澈，叫人看了又看，这些
大地上的支脉，慢慢淌着淌着，最后都是要入海的。
我现在的生命勉强算得上一条支流，浅，薄，弯，无
可厚重——可是谁不曾做个天才的梦呢？天才就是抵
达大海，我们一直走在去大海的路上。

沿途的山，特别有层次感，有音乐的流动，简直
是勃拉姆斯的第二钢协，满目流动着的春天的气息，
山竹的泛黄旧气里，也埋伏着苍松的新妍。覆盆子开
花了——第一次看见覆盆子开花，洁白的小花开了一

路。还有泡桐，苦楝，梦幻一样的紫花垂着，举着，繁密得奢靡，真蕴藉。尽管快要吐了，我一边掐虎口，一边四下寻找可有油桐花，一棵也没有找着。若是不掐虎口，怕是吐了一车。中医真是博大精深，掐虎口就能把呕吐止住。

我们在桐庐服务区歇了一下。不得了，星巴克都开到了那里，门前花坛里许多酷似罂粟的植物，开五颜六色的花。这样的景致，拍电影似的，简直不像中国小镇，而是恍然来到了欧洲，那种经济高度发达下的富足与舒服，无法言明。

沿途的那些山，不愧为流动的古典音乐，一个乐章一个乐章地推进，是看不够的。黄公望令富春山不朽，富春江令黄公望圆满，二者相互成全。我们每一个平凡的人都在自我成全。

回来的车上，与央广的任捷老师同车，她说自己从三十五岁到四十五岁被领导埋到坑里整整十年，现在快退休了，依然勤勉努力地工作。她说，是想把曾失去的十年找补回来……我说，不是的，你这是在自我成全。她说，太对了，"自我成全"。一个拥有国务院特殊津贴的人，依然把自己投入到火热的工作里，不是自我成全，又是什么呢？短短两日相处，点滴言行里，可看出她真是一个有人格魅力的女性。我的生命里太缺乏这样的前辈了，有着相同的气息，安静，不争，一样地捱打过，一步一步，不放弃。

到得千岛湖，吃过中饭，稍微休息一阵，便去游湖。春天的湖，与秋天的湖是两样的。因为晴朗，视野愈发开阔，你随便坐在哪一处，抬眼低头间，都见朗朗清气，是那种直见天地的辽阔，仿佛一直给你远景，在不停地往空阔处推着镜头，湖水一如昨日，清澈无垠，有海的壮阔。泡桐树站在水边，安静地开，安静地落。

我站在岸上，一次次看见了空无——远山、近水都退了去，眼界里空无一物。是我自己都清空了的——你心里有什么，眼里就会见到什么——眼界是一直受着心灵制衡着的，以及你的心性和格局，皆受制于灵魂。

我们人少，坐的是快艇，可以抵达不一样的幽深。穿过狭窄的镜子一样的湖面，孤岛一座座耸立，伸手可触。岛上临水处，全是花——覆盆子和山杜鹃，美得叫人连连尖叫。山杜鹃的红，有乡野之气，但，不伧俗，被湖水比衬着，特别雅致。那种红，没有语言可以精准的形容，比喻也不行，范宽、牧溪们怕也都调不出来的。这种红是一种险境的红，汉语对她无能为力。玫红，肉红，橘红，都不是，谁叫是天和水给它滋养为它调色呢？在这种山杜鹃的红面前，怕是连汉语都要丧失掉自信的。

　　——我也是个极度缺乏自信的人，当同行的一位老师逐段背诵自己文章时，简直要热泪盈眶。

　　还有覆盆子，这种鲁迅笔下出没的植物，原来并不都开在他家后院里。这次，是开在了一座座孤岛上，如此的高洁无尘，仿佛一生中只愿开在水边，一蓬蓬地，素洁贞静地开，孤清，独自，近似于小津安二郎的电影气质。待小艇走远，再回头看她们，原来，也是有着热烈的，那种洁白无邪，仿佛是把整颗心都捧在手上送给你……你又怎能辜负呢？日后，久居都市的你，会一直记得她的纯洁，彼此纵然不着一言，但，到底遇见过。

遇见，就是无言的美好。

天，地，人，自然，浑然一片。我们每一个人都是一座孤岛，四季的更迭中，默默地生长，到了春天就开花，秋天就结果子，简单，混沌，淳朴地轮回着，是湖水把我们连在了一起。一湖的翡翠被发动机变成了碎钻，飞溅在舷窗上，一路跟着我们，在斜阳的余晖里闪亮夺目——湖水倒映出的光，是天堂的光，摄人心魄，无法忘怀。

台湾人常常说的一个词是——惜缘。惜缘，莫非珍惜眼前？

会一直记住这个晚春的覆盆子、山杜鹃以及湖水，它们都是为我开，为我清澈的。

这人世，何等复杂纷繁幽暗，每想起远方的山花、湖水，一颗也曾沐浴过光芒的心，会一点点地变得纯粹起来。

之十七

瘦是一种诗性气质

H君：

最近身体透支得厉害，无法入眠，停了写东西，感觉一下被清空了……

白天闲下来，买买菜烧烧饭，一根绷得太紧的神经渐渐松弛下来，身体也跟着慢慢被修复。不急，只要储备在那里，何时写，不是写？

健康太重要了，尤其从事这一行。没有好身体，是坚持不下来的，虽有意志力，但，身体垮了，思维也会随之受到阻滞。一直心慌气短，近日似乎只有进的气，没有出的气，要常常深呼吸，才好受一点。

跑步也坚持不了几圈，心口疼，改为散步。这几天，小区蔷薇大面积地开了，非常喜欢闻这种香味，比月季的芬芳略淡一点，持久一点。昨天夜里，我背着一双手在小区里瞎晃悠，不知在想什么事情，忽然，领导从车里钻出来喊一声，吓一大跳。入定一样，一辆车在身旁停下来，都没有觉察到。

夜里，专找那些有蔷薇花墙的小径散步，花香淡淡地，如入浩渺之境，静静想事情，特别好。怎么个好法？文字是无以形容的，就是沉浸在自己的小宇宙，不再焦灼、紧张、彷徨，是灵魂的暂歇吧。昨夜没有月色，一个人在路灯的阴影与光明的交迭里走来走去，穿过一架一架的蔷薇，蚀骨的芬芳馥郁。有一户底楼人家，用蔷薇围拢了一个四方形园子，太美了，深红，浅白、粉白、玫红、鹅黄、杂糅其间，站在那里望了很久，不知如何是好——还有一款来自日本的好品种，浅粉，复瓣，星辰一样美得不可方物，仿佛并非人间的，是天上的东西不小心掉了下来。

有一种美总叫人心悸。

美的东西也是危险的，让人丢了平常心，一看再看，难以自持。

昨天晚餐时，吃着吃着，忽地想起西湖的瀛洲岛。这么几天过去了，才想起它的美来。如果没有人，就只两个人同游，在有月亮的晚上，该多圆满呢。西湖之上，哪一处不是匠心独运？当天，身体非常不适，耽美的情绪难免受到遮蔽，只有回到合肥，再去回忆她的山水格局，甚至一草一木……才觉出温馨美好，可以同时看见四个月亮。花木葱茏，尤其含笑，一直以为它是灌木科，实在没想到，在瀛洲岛，它们长成了树，月白色的花郁郁菲菲，甜香扑鼻；有蔷薇，临水处，三朵两朵……也有鸢尾，繁缕，在路边等着你，没了你的脚……

游人如织，打破了瀛洲岛的平衡。倘若深夜，划一叶小舟去，才能体味出那份意境，孤寂的，独自的。四面被渺茫的湖水围困，偶有禾花雀。真的，西湖的麻雀都比别地的消瘦些，毛色发亮，大约源于诗性的养育，山水不但令人有不同姿态样貌，甚至可以把鸟儿塑造得有气质。我一直喜欢瘦的东西，瘦是一种诗性的气质，弱态之美。

大华饭店附近那一带也美。一架水泥廊檐，攀了木香（不认识，特为请教了杭州的宋乐天女史）——我那天去，她们开得何等迷醉——在这架辽阔的木香面前，我就是帝皇啊，除了拥紧江山以及众多美人，寡人我只能想起一句诗来——木香花湿雨沉沉。

湖畔那些柳树，同样端庄而干净——西湖边的树木仿佛都有来历，与别地不同，底蕴深厚些。它们在漫漶的岁月里一点点地储备了许多东西，自是不同的气质，甚至青砖缝里长出来的草，跟别地也是两样的；那些姿态横斜的石拱桥，一律天青色，修在什么位置上，你走上去，远望，一湖茫茫之水，萦绕的，流动的，处处清奇骨骼。多少代人，做文章一样，孜孜以求慢慢建立起来的一处所在，总有画面感，有景深，层次。那山，那水，以及整个的景观，酷似宋元以来的一幅幅画，有册页窄轴，更有写意泼墨。湖水空茫，仿佛大片留白。这留白似乎成了中国人的哲学观，空无一物，实则应有尽有。小荷渐渐浮上来，一公园那里虽然极度喧嚣，但，看着湖里这点点荷叶，心也会静下来。暗紫色系的新叶，在风里荡漾——四周被市声嘈杂围困，反而显得静气，分明一幅写意画，好能压得住阵脚。

西湖整个的那种气质，让人说不好，就像忽然遇见一个人，往那儿一站，没有来由地，你便倾倒了，是家传的修养、内敛、含蓄之美，纵然未曾开口，你也能捕捉到一种独自的格局和心性。

西湖是有格局的，更见心性，适合久处，慢慢地，你原本晦暗的灵魂会被它照亮，也是彼此成全吧。

虽只在局部停留二三小时，但，永远忘不了，那种美会在日后一点点地被释放，让你心仪，不能放下，然后有了苦恼。

不能拥有，所以苦恼。

好比一个人，永远是一个不及的梦。

还是放下，过眼前的日子。

今天早晨，抽空出去慢跑，一遍遍经过同事家门前的蔷薇丛，浅粉里杂种了白色品种，单瓣，酷似梨花，花瓣悉数打开，露出黝褐色花蕊，近看，泛泛，要远了看——每次我站在厨房洗菜，抬眼瞄一眼，白苍苍的花在风里微颤，犹如往事，早已沉于水底，断了，又浮起，也像浅梦，原本不值得做下去，可是这样的良辰，如此的深刻清新，不做梦，又该拿来做什么呢？哪怕一刻的温存，也好。

今年有点奇怪，小区里西洋杜鹃普遍开得少，寡合，意兴阑珊的，仿佛一个抑郁的人，对什么都提不起兴致，连一年里最美的花期也放弃掉。杜鹃丛里，只有一点点花，单位南门花墙边同样如此，全是密不透风的叶子，不再开花。许是去年开伤了，今年歇歇，用来复原。

这个春天，我也写伤了，忽感体力不支。身体最诚实，它会不断给你信号。长此以往，非出事不可。

一个人有多么大的体量，只有自己清楚，过分地透支，必让身体轰然坍塌，太可怕了。那些长篇小说创作的人，简直令人敬畏，长达数月的跋涉，也不见倒下。像我这种，每天两三千字的量，才坚持一两月，便颓然而退。

我非常不习惯来回切换着写，只能守住一样，平心静气地延续。老是切换，心便乱了，气息不稳。同一时间，只能做好同一件事。

人的气息很重要，好比木匠，每天专心打一件家具，慢慢地刻线，砍，削，刨，钻。到底是手工活，不比机器，随时可以大规模生产。但你做手工活，必须一心一意，一旦得陇望蜀，气息就乱窜，然后把事情弄糟。

我家门前李子树上，至少结了一万颗小李子，暗红的，已经长到桑葚那么大个了，椭圆形，太壮观了。小区里李树无数，没有哪一棵的果子有我们这棵的繁密，像不像一个人的巅峰状态？好运不请自来，七八年来，它都在沉寂之中，年年都是"时不我与"的孤独寂寥，如今，终于等来硕果满枝，该不该快乐一下呢？

许多李树，依然我行我素，在原地站桩数年，也不是多懊恼的样子，最关键是自在，谁也奈何不了谁，就一直处在自在的状态里，这才是生命该有的常态吧。

虽说人生苦多乐少，但，一个人一旦自在了，便不觉得苦了，更重要的是，我们要有寻欢作乐的能力。这里的寻欢作乐，并非胡适、郁达夫、徐志摩们那样去跟"长三"们吃花酒放纵肉体，而是于日常里发现生之欢乐，比如这些天，趁着蔷薇花盛，无论清晨，抑或夜晚，我都走出去，一遍一遍自它们身边经过，双手背在后腰，仿如，暇年高寿之人入定一样地思考，这就是欢乐，满足，踏实，月光柔软地铺了一地，我带着自己的影子独自徘徊……差不多的时候，慢慢踱回去，翻几页书，硬是把一颗躁郁的心给按下来了，缓慢地，缓慢地，也能睡过去。

这样的一条生命，生又何苦，死又何惧呢？

之十八

快乐可以洗涤人

H君：

　　昨夜风狂雨骤，几乎一夜未眠。翌日，情绪必定糟糕。得学会自控，还是写封信。

　　昨日黄昏，接孩子时，顺便在一个老人那里买了些新鲜的蚕豆。回来，坐在阳台一棵月季旁边剥，氤氲的香气里，想起外婆了。小时候，也是这样的暮春，她去菜园摘回蚕豆、豌豆，与山芋粉同煮，出来的是一锅山芋糊糊，黑兮兮的糊里点缀着碧绿的豌豆，恍如一幅画。那时节，村里还驻扎着上海来的下放学生。外婆一向慷慨助人，那些女学生大方地拿着碗来家舀着吃，咯咯咯地笑着……我仰头看穿得时髦的她们。

真是的，想起来都懊恼——她们来家里白吃，我作为这个家的主人之一，末了，偏倒贴着要羡慕她们。一个稚嫩的小女孩仰着头无比艳羡地看着那些上海来的女孩……她的世界太小了，上海对于她，大约就是天堂吧。

如今，一点点地过到今日这步田地，也没什么可说的。

只是在昨日的黄昏里想念外婆……

这个老人用她无私的爱，给了一个小女孩短暂、闪亮而不可复制的童年。我是个缺爱的人，仿佛一辈子注定孤苦无告。

昨天上午，一个人在家听埃尔加。有一种悲伤，虫洞一样蚕食你，直至把你整个的人都吞没。你无法动荡，呆坐于电脑前，一刻也不曾离开，就那样枯坐于琴声里，任凭它一遍遍地洗涤。大提琴出来的声律是有魔力的——多年前的某次世界杯，荷兰被淘汰出局，屏幕上满目橙衣，电视里放的就是埃尔加大提琴曲《短暂的回家之旅》——埃尔加在这首曲子里，为什么把悲伤搞得那么悠扬。几十年往矣，至今犹忆那段旋律。

这样的旋律多安慰人，只是无法言明。这世上许多东西都是无法言明的，只能承受。

夜里杳无睡意，思绪到处叱咤，忽然荡到了《红楼梦》这里，觉得黛玉根本不算最苦的一个。

最苦的是妙玉。

她爱宝玉，并非一往无前，而是退而求其次，以辗转，一表心迹——那是什么样的一副心肠？无法出口，也是不能的，她在心里早已把来路、去路无数次捋了几多。怎么办呢？那日，宝玉上门做客。于是，她情难掩抑，玩了一个极端的行为艺术，自以为是脱尘的，与别的姑娘自是两样。可是，她这样的行为在旁人眼里，又是何等扭捏作态——特为将梅花上的雪收集起来，烧水泡茶给他喝。作为一个自持的人，姑娘之心意，只能到达这个顶端了，无法再往前迈了，随便一小步，都是万丈深渊。

我还总是理解她，体恤她。她一直引而不发，只在内心痛苦辗转，哪怕宝玉离开，她站在门口目送。那一幕，实在令人寸断柔肠——不舍，流连，又是那么决绝，仿佛将其拱手相让……

这些点滴，又哪是晴雯、史湘云等缺心眼的姑娘们可堪比的呢？

在埃尔加的琴声里沉浮，你会想起妙玉的悲哀，面对人生里那些深刻的哀伤，她不着一字，只是，像出了意外一样，搞了一次极端的行为艺术，那个人懂也罢，不懂也罢，自是与她无关了。

你看，妙玉的自苦要比黛玉深刻得多。面对妙玉的灵魂波澜，黛玉的那些小性子该是多么浅薄咧。

未听埃尔加之前，一直觉得拉赫玛尼诺夫的《悲歌》是最忧伤的，以及柴可夫斯基的《船歌》，好比一个人独自来到河边，对着满满一河白水，怅望，只把整个的人生都搭进去，终究迎来的还是哀意扑面，然后，想起什么似的，踱回去，将一条小命全情投入至琐碎平庸生活的洪流，如同我自己，纵然一夜未眠，临了，还是得爬起来，送孩子上学，骑着车，冻得瑟瑟的，去超市买菜……仿佛不动声色，生命里的艰难辗转，什么也不曾发生过……这样的悲哀，也是一种悲哀，很浅，不值得深探。

然而，埃尔加的大提琴曲不一样，它深邃得是要置人于死地的悲哀。当年，祖宾·梅塔指挥第二大提琴奏鸣曲时，未及一半，便泣不成声——他不为这首曲子哭，他哭的是杜普蕾这个早逝的天才姑娘。在他心里，没有人拉得过杜普蕾——一个天才是可以穷尽一首名曲的，无可替代。

祖宾·梅塔与杜普蕾无亲无故，他只是怜惜她。往后，祖宾·梅塔再也不曾指挥过埃尔加这首大提琴曲。我们中国的陶潜不是说了么：落地为兄弟，何必骨肉亲。

也许，祖宾·梅塔比她的家人还要怜惜她。家人只会遇到一个天才的古怪、邋遢以及不堪。而一个天才的光芒注定是要被别人捕捉的。祖宾·梅塔说：那是杜普蕾拉给自己的宿命之歌。

看过早年的录影，那时节，巴伦博伊姆十分年轻，留着高耸入云的卷毛发。杜普蕾拉大提琴，他弹钢琴——我珍藏了他俩合作的贝多芬的好几首大提琴曲。两个天才在一起，彼此灵魂交迭的日子，注定短暂。

如今，杜普蕾不在了，巴伦博伊姆终究迎来了德高望重的艺术生涯——我永远忘不了他有一次与俄罗斯乐团合作的柴可夫斯基的第一钢协，他将柴可夫斯基弹到了另一层新天新地，让灵魂暂歇，世间一片苍绿。原本，快乐是可以荡气回肠的，也是可以洗涤人的，所有人的版本都比不过他的，甚至里赫特。

杜普蕾版《埃尔加大提琴协奏曲》，正是巴伦博伊姆指挥的。彼此两两，青春扑面，却也能将一首悲哀的曲子演绎成永恒的宿命之歌。天才所能感受到的生命的孤寂，想必甚于凡人。

昨天下午在单位编版子，忽然起意听王菲，《水调歌头》《又见炊烟》一首首……到了《暧昧》，因为一直是粤语，忽然好奇，点一下歌词，当她唱：

你的衣裳今天我在穿

　　未留住你，却仍然温暖

把我惊诧得……无法言明。

一首听了二十多年的粤语歌，到今日，才看清：

　　天早灰蓝，想告别

　　偏未晚

　　是啊，我们的一生都是失控的，想告别，偏未晚……

　　这一年的春天，算是尽了。季节的列车轰隆隆开到了浅夏，衔接得天衣无缝。窗外的树，在大风里分分合合，与昨日比，更加绿了。这种绿，是灵魂的绿，纯洁无尘，堪比妙玉的那次行为艺术，可惜宝玉不懂。

之十九

大江茫茫去不还

H君：

本来不打算再写信了。这个夏天，想专心读点书。

前天，找资料，偶然在优酷见到杜普蕾的大提琴曲，点开，简直一种毁灭性的打击，窗外天色那么亮堂，可是，这种音乐投射至人心，竟然漆黑一片……坐在椅子上无法挪步，反反复复听，简直找死的节奏。

这一串串单一的音符，不比交响乐那么恢宏复杂——纵然简单的旋律，却可以重创一个人？压抑，沉郁，颓废……

悲哀不已。

昨天，去单位，又听了一个多小时。整个精神上缓不过来，恍恍惚惚，会上，蔫蔫的，对现实里的一切均提不起兴致。同事说社长骂人了，早退出那个群，看不见。若在平时，会后，一定要打听到，社长都骂了些什么……可是，因为杜普蕾的琴声，我对任何八卦，再也不感兴趣。

赋闲在家，情不自禁又开电脑——这样的律动，仿佛始终在一个音阶上，小提琴是底色，一直悠扬着，宛如一条窄溪。待大提琴音起，仿佛又不在人世了，有点儿虚飘，是白色的，白色的绸缎，经不起风的抚触——大提琴的音色就在这样的白缎上滑行，宿命一样，哀伤滚滚来……一边择菜，一边默默淌下泪水，到底被什么打动了呢？

三年前，当第一次听见柴可夫斯基第一钢协的时候，也哭了，那是激动的——这个世间怎么可以有如此快乐的旋律？开篇时，所有的小提琴万马奔腾，巴伦博伊姆老谋深算，驾轻就熟，他驱动着琴键，让这支在自己生命里出现过无数次的旋律汩汩而流，终于把一个活在中国的人给打动了。每一次听"柴一"，都是初次，竟然，生命里藏着这么多的欢喜，原本没有遭际过的，未曾历经的喜悦，都被"柴一"逐渐塑造起来，于精神版图里得到了提升，慢慢地往高处走，这就是升华吧。

所以，人，不能缺乏快乐的能力。即便没有，也要创造。这种自我掌控的能力，正是古典音乐开启的。

一个现实里寡欢郁闷之人，却可以于古典音乐里体验到生命里前所未有的一种极致的快乐，且这样的旋律，兼具着激活你对于俗世生活产生贪恋之情的使命，真是不易啊。

德沃夏克的《寂静森林》，也好，马友友拉出了夏木荫荫的清幽宁静。马友友这把著名的大提琴，也曾是杜普蕾拥有过的。

舒曼的《梦幻曲》，幽寂无限，每当它流淌，你会不自觉地回到古中国去，还会想起几句《诗经》体：

皎皎白驹，在彼空谷。

生刍一束，其人如玉。

百年相思，万里为客。

　　求彼良友，曷日可期？

　　《诗经》是不可翻的，倘若一意孤行翻成白话，就什么都失去了：皎洁的白马，在空寂的山谷。嚼着一捆青草，那个人如玉般美好。这样的句子，犹如无盐之水，寡淡无味，何等煞风景，哪有"皎皎白驹，在彼空谷。生刍一束，其人如玉"这么简寥含蓄？

　　同样，古典音乐，也非白话语言可以解读得了的，但，它可以在中国的古诗里面得到印证。它们是呼唤与应答的关系。

　　以现代白话是解不好古典音乐的，所有写出来的，都是"嚼着一捆青草"般的浅薄寒碜。

　　——你只能回忆。古典音乐可以带给人往昔，甚至几千年的往昔。

　　或可，读李商隐的时候，会不自觉地想起贝多芬的大提琴系列，一个乐章连着一个乐章，情深意重，一句，一顿，一回旋，是白沙上翩翩的鹤，叫人望之，顿时起了远意。一旦到了贝多芬的交响曲系列，你还会想起曹操，以及他的那个少有逸才的曹丕，夫子俩都是特别壮阔渺茫的存在。曹操在诗里已经有了宇宙意识，李商隐同样有，贝多芬的音乐亦如是。曹植的东西呢，要弱得多，《感甄赋》充其量是小夜曲。即便是悲痛哀伤，既有大格局下的，也有小我的。曹植的，多属后者，横陈着儿女情长；曹丕的诗歌气象一直高于曹植的。比如，《善哉行》里有：

　　高山有崖，林木有枝。

　　忧来无方，人莫之知。

　　人生如寄，多忧何为？

　　今我不乐，岁月如驰。

　　——点出人类与生俱来的孤独、忧愁，好比马勒的《大地之歌》那么广阔渺远，也是贝多芬坐在莱茵河畔苦劝宇宙，不可以这么心狠残酷。

　　无论读古诗，还是听古典音乐，一颗心总是空空旷旷的，什么也留不住，会比以往更加虚无。音乐给人带来的虚无，较之哲学上的虚无，根本是两样的，区别在哪里呢？前者温情，后者永远冷漠而不近人情。但，正是古典音乐的这份温情的虚无，特别令人眷念，仿佛一个个不可及的梦，只愿长醉不醒。

《古诗十九首》里，多是哀诗。有一阵，用毛笔抄，到后来，抄不下去——

人生天地间，忽如远行客；

思君令人老，岁月忽已晚；

一弹再三叹，慷慨有余哀。

不惜歌者苦，但伤知音稀……

全是落寞寂寥之诗，犹如一个总是迎接星辰与黑夜的人，对于光明的喜悦永不可得，而滔滔人世，一直是"大江茫茫去不还"。

到了晚境的王维，尤其他那些五言，适合一个个深夜来读，只有《月光曲》来配它们了；或者舒曼的《童年即景》，那么纯粹无暇，像栀子花的白，开在月光下，有《诗经》里"与子同归"的寂静。

最近，微信圈里，有个叫"小北"的胡兰成研究者，搬出一点胡兰成的文。再读，依然好，是曾经的版本删节。整整十年，再去读一个人的文本，好得依旧，那么，这人就很了不起。底蕴深厚，下笔浅淡，永远与人不可磨灭的记忆，促人探索。

胡兰成的文风是什么呢？不好比方，他的行文像极巴赫，无比精确之外，且不输文采。

实则，文采这个东西，写到一定的境地，原本可有可无。一个人写到后来，需要格局、眼界，以及巨大的体量来架构——文采呢，不过是一种溪流的跌宕多姿。较之浅溪窄涧，大海纵然风帆俱寂，也可让人看出深邃。

当今人的文字，略略泛出的都是贼光。宝光，需要深厚的底蕴以及时间的沉淀。一个人天生单薄，其作品微微地泛光，已经难得。接下来，得需大量的储备，岁月的磨练，才会慢慢地，令一个人的作品有一点儿亚光。这点儿亚光就是斯塔克拉出的埃尔加《大提琴协奏曲》，节奏缓慢，缓慢得令人打瞌睡……

近年，无比享受这种缓慢的节奏，仿佛提前把日子过到了沉闷颓气的晚年——我从未把日子过成到一朵花的境界里。当下，格外沉溺于《知堂书话》的冗长拖沓。

之二十

静气令一切来到眼前

H君：

小满过后，气温骤然高起来，日子如山如河地壮阔起来了，陡峭得很，未曾有什么过渡——即便是一场雨水呢，也不来光顾。溽热模式一旦开启，天地似乎都轰隆隆的，时有雷声，想想都怕得慌。年龄愈长，愈不耐热了，真是无奈。

夏天这么苦，犹如一本佛经，是用来教化众生，给人扑扑行道的吧？磨练人，披沥人。不及五点，天则透亮。窗外，鸟雀争鸣，双层玻璃也抵挡不住，不得不令人早起。有苦恼，但，怎么办呢？过日子，不可能一脚踏进深山坐拥幽深，它就是这样的平白无故。去户外，疾行，抑或慢跑，躯体快速划过黏稠的空气，也能带起来一阵风。在风里行走，也算是一份额外的修补。空调的轰鸣声，一刻也不曾停歇，于噪音里依然熟睡的，是有福的人。

满天朝霞，则是对早起的人一次微小的奖赏。

端午过后，栀子花开了，一朵朵纯真的白，隐在翁郁的绿叶中，远远看着，便想扑过去，怎么也看不够——这世上，没有哪一样花朵值得我像对于栀子花那样，把一生的爱惜都给予，一年年地，守着秘密一般，在她们的芬芳里无以言明。栀子花的香味纷纷自童年来，是往内里收着的香，置身其中，整个的感官都复活过来，这种芬芳是可以邀约人的，与她们一起陷溺。陷溺是一种无法忘怀的美，颓废也是……

这世间，许多美丽的东西，只远远地看，或者于内心翻腾不息，从未奢望着要去占有过——唯独栀子花，不能，一定要得到。得到则是拥有。就把摘了，藏在小布包里带回家，养在清水里。拿出高脚玻璃杯，紫砂的小罐，一朵朵地放进去，怎么看，也看不过……犹如葳蕤，整个灵魂终被照亮，却原来，也有片刻的欢愉。

栀子花是有气息的，可惜，古往今来，画家几乎不肯着墨于她。他们都一齐寄情于山水了，格局也有，气象也有，宋元一路铺过来了的，可是，总少了点什么。栀子花是私人兴致的庭院之花，仿佛不大上得了台面，菊兰梅倒成了文人画的经典，看得多了，也不稀奇了。近日，看见一幅启功先生的字，惊才绝艳，好得充满着肃穆之气，森森然不作一声，只默默将一个书者的底蕴和盘托出来，没有手段巧技，也非匠心，是浑然一片的。真想复制下来，挂在家里，拓的是黑底，寥寥八个字——落花无言，人淡如菊。出自司空图。这字究竟有多好，以我的资历，不大可以说得深刻而明白，不过是合了眼缘，一撇一捺里，均见一个人的气质，超然物外的，不计得失的从容慷慨，也合了启功先生的心性。

夏日早晨，永远可爱，空气里还能体味出片刻的清新。路边的青草身上，白露未晞，比冬天的寒露更透明，可映照出一切可映照的，比如蓝天，比如蓝天上偶然行过的云。有时，我会去屋后荒坡坐一下——昨天见一只松鸦与一条蚯蚓缠斗。不晓得怎么回事，松鸦忽地自空中俯冲而下，停在草地上，用它的喙左一下右一下刨土，顿时啄出一条肥硕的蚯蚓，褐黄色的身躯，极端痛苦地扭动着，松鸦也不好下口，就把它啄到地上，以芒刺一样的喙，使劲啄、啄、啄，然后，一口吞下去。蚯蚓太粗胖，以致把松鸦给噎住了，噎得它站在原地呆望着我，眼神痛苦……我有同理心，也替它难受着，还条件反射地咽口水，紧张得很。稍微走两步，就可以捉住松鸦，可是，我不敢动，蹲在咫尺之地，爱莫能助地望着它。它被蚯蚓噎得快要淌下泪来，蚯蚓肯定在它的胃囊里扭动着身躯，它无法控制，只是感到奇怪，这个被吞下的食物怎么如此不安分呢？也可能被吓住了。我没法帮助它，蹲得小腿都麻了，只好站起来，走掉。群鸟高飞于柳林之上，更多的是麻雀，它们的叫声打破了早晨的寂静和平衡。万物都有它的秩序，被早晨安放在既定的轨道上。

我走到沟渠芦苇丛边，拼命呼吸，植物的味道永远沁人心脾。人不能跟植物比啊，一比，就自卑了——人身上总是散发着浊气，浑沌不清，有时还有怒气，怨气……这样的气息特别伤害心灵，久而久之，便蒙尘了，不再明亮。

　　人也只有跟植物站在一起，一颗蒙尘的心才会一点点醒过来。

　　偶有风来，芦苇叶子相互摩擦着，喧哗着，那种特有的清香气愈加浓厚起来，合着夜露的凉气一起洗涤你。这么美好的夏日早晨，也算得上一次成全。

　　满身汗意，回到小区，家门前的小李子纷纷紫了，坠在枝头，集体参禅一样，默默然不着一言，它们不渴吗？天气这样热。佛说，即便渴，也要忍耐，生命就是行脚，是不停忍耐的过程。站在树下，可以闻见果肉的香气。萱草开花了，白天开，晚上将花束收起，太阳乍出，又把花束打开。合欢树也开花了，肉红色系的不太耐看；浅粉的，颇好。她们不怕热，日头愈毒，愈开得酣畅。合欢这种花，注定是悲剧性的花，属自虐型人格，是京剧里的旦角，盛夏的烈日如鼓，哐啷哐啷，一声高过一声，合欢花决堤般，在这溽热熬人的锣鼓声里尽情地倾诉、歌唱，朵朵滴血，一曲终了，一曲又起，永无止尽地唱下去，唱下去，直唱至夏尽秋来。

这样的夏日，最爱的，还是风声，蝶影，蝉鸣，是夏木阴阴的乡下，是河流纵横的远畴阔野。气温一日高似一日，早稻秧蹿得老高了，由早先的嫩绿转为浓翠，白鹭飞起，眼界里都见绿意与幽深。

丘陵上大面积的麦子已割下。海子写：

连夜割麦的父亲
身上流动着金子……
吃麦子长大的
在月亮下端着大碗
月光照我，如照一口井……

近三十年过去，总要在芒种割麦这几天，忆及海子，以及他写下的那些真挚自然的诗篇。

麦子割完，就该插山芋苗了。童年的这个时候，记忆里总是雨天。雨天雨地啊，下得山河泛起层层白雾。大人们穿着棕色蓑衣去地里插山芋苗。一把剪刀细细握在手上，早已培育好的的山芋藤，一根根剪下，抓一把剪好的握在手上，像插秧那样插在地垄间。

不及几日，蔫蔫的山芋藤活棵了。过后呢，锄草，施点轻肥。

夏日里，所有农作物都肯长——南瓜藤牵得几丈长，黄花下藏着碧绿的小瓜纽纽，颇为害羞的样子，圆滚滚的，一日壮似一日；豆角开紫花，一架一架的梦；辣椒白花，花落了，结出浅碧色小果子，慢慢地，就红了；茄子开五个瓣的紫花，结紫茄子，瘦长长的个子像诗人，茄蒂上许多芒刺；苋菜简直是往上扑通着蹿的，一日不掐，它的杆子便老了，粗了，齐齐割下，把外皮撕了，拿盐腌制一夜，第二日炒炒，当早饭菜——就是周作人笔下的那种咸得齁死人的腌苋菜杆，浙地有，皖地也有——没吃过腌苋菜杆的童年，是品尝不出咸味的人生；空心菜开白花，喇叭状，蜻蜓和蝴蝶最喜欢在花上流连。

每当黄昏，一个人坐在高高的山坡草地上，望远处田畈，望更远处的晚霞满天……彼时，尚未接触到李商隐的五言，但，一个少年的心里面，天生也是铺有惆怅的。晚霞归山的绚烂与短暂，怎不叫人愁绪万端？

这些往事，于心尖尖上一年年地滑过，到得当下，终成李商隐的"向晚意不适"。灵魂与艺术相互提携，映照千年岁月……这些莫不都是佛所言的色法与心法？

——都是有情众生。

我喜欢回到古中国去，认真地循着二十四个节气，过过日子。这样的节气，总是跟农业有关，跟土地、自然休戚与共，空虚发声，满盈静默，它让我一年年里学习自制，保持平静。

节气的排序，真是一个巨大的隐喻，春华秋实，夏长冬藏。什么样的季节做什么样的事情，开怎样的花，结怎样的果实。盛夏如此溽热，寒冬又是那样的凛冽……天地时序自有规律可循，小小星球在浩瀚的宇宙间运行，我们只要把二十四节气守住了，就什么都不会乱。

当日子过到芒种，天地就真的静下来，不比春天里鲜花着锦般的热烈了。

静下来，就好。

静下来，读读古诗——躺在地板上，把陶潜举得高高的，翻着翻着，便要昏眩而去，枕着陶潜的意诚而辞达，浅睡过去。大抵，这就是歇夏。摁住一颗心，往内收，即便不写一个字，也不必慌张。读书，并非一种荒废，是另一种自制与平衡。

这个夏天，下狠心逼自己，读周作人。其艰涩文风有多磨练人呢？是被一场大火悉数烧尽的枯焦荒芜，更是被寒冬大雪冰冻过的索然虚无，字里行间，纵横了呛人的烟味以及拒人的雪意。读不了几页，耐性则会促使人放下。可是，要做到怎样，才能专注不分心？无非读一遍，再换作熟悉的语顺，假以晓白畅达地复述一遍——犹如反刍。读书，不反刍，就不能获取知识的营养。去岁盛夏，读的是张恨水《水浒》文言体，简直大汗淋漓，根本不懂，五次三番，颠来倒去地重读，慢慢，也可以懂得了。这么下苦功夫，做什么？不过是训练自己的专注力，把一颗心钉子一样嵌入墙体，那些苦涩艰深一样的书，仿佛一把把木柄的铁榔头，是可以用来借一点力的。

　　除了读书，夏天还可以有大量时间，将家里所有窗帘都闭合，听马勒，听拉赫玛尼洛夫，听《大地之歌》，听《复活》，听《安魂曲》……悠长，深厚，绵醇，把你的心一点点地自幽暗地带引领至光明的所在。一间屋子是盛不下你那颗心了，音符可以带你飞，飞向明朗之地，然后令你脱胎换骨。

　　生于世间，何时何地，我们不都是求一个静吗？

　　当有了静气，一切便来到眼前。

之二十一

人性和人的困境总是恒一的

H 君：

　　梅雨季到了，到处湿漉漉的，有滞重感。右膝拉伤，总是恢复不了，跑是不能够的，连疾行都受影响。不锻炼，整个肌体犹如断了电，随之情绪低落，无以自控……看来，跑步真的可促进多巴胺的分泌。不然，怎么解释，一旦停止了运动，人在精神上便陷入到低迷状态？

　　情绪一落千丈，看一切，都是灰色的，连听音乐，也显得隔膜。大约是人体关闭了通向外界的一切好奇心和新鲜触觉，随之将一直平衡得很好的安宁状态打破，愈发意兴阑珊。

不舍昼夜，将《包法利夫人》读完。周克希的译本，语言非常之好，节奏感也把握得好。翻译就是面对乐谱弹琴，不仅仅是准确，最重要的是，控制节奏，最需要那种浑然一体感。我是将李健吾译本对照着读的，一比，差距毕见。周克希的语言是一条蜿蜒曲折的小河，并非一滴水一滴水地流动，而是浑然一体地洋溢着往前走；李健吾的，虽也准确，但缺乏浑然感，也不是文采的问题。李的也是一条小河，流经的路径都是对的，但，颇生硬，节奏差些，缺乏自然之美。犹如听拉赫玛尼诺夫的第二钢协——闭着眼睛就可以分辨出，格里莫的音色、音准，那种精湛的自然畅达令人无比受用；倘若是国内某个刚出道的年轻人弹呢？那种磕磕碰碰的忽高忽低的踉跄感，倒成了一种艰难困苦——似乎每一个音准都到位了，但，缺乏节奏感，让人听起来，非但不享受，而且替他着急焦灼，就是那种夹生感压迫得人的听觉非常难受。艺术原本是给人享受的，弄到后来倒成了受难。

　　翻译这个活，真是一门大艺术。对于《包法利夫人》，周克希的，真的完美无匹，那些呼啸而悱恻的句子，蝴蝶一样斑斓，欧式的绵长精湛，可以令人一气断下来，歌剧一样回旋往复，让人惊叹之余，情不自禁拿一支笔在句子下面不厌其烦地画一道道黑杠子。原来，不同的语种之间，好的翻译可以将语言切换还原得如此精准丰盈，美妙无尽，完整凸显了福楼拜的斑斓和精湛。

　　读完以后，恍如大病一场。真是一部伟大的小说。十三年前，读第一遍时，只晓得单单为爱玛哀痛，为女性命运的不可逆转而难过……如今的认识，仿佛更加深刻些——是福楼拜写出了人类整个命运的困境，你是走不出的。爱玛的心性里有非常纯真的不可多得的东西。当被罗多尔夫欺骗以后，她昏死过去，情志郁结，一直在病中，花了两年多时间才慢慢恢复过来，于感情上，那种忽然被抽空的打击犹如地震，她的整个精神状态宛如废墟，这是一方面，另一方面，她迫使自己安分下来，尽量融入小镇周边的世俗生活，甚至带了赎罪的心理……可是，遇到莱昂，她依然不能克制自己，又投入到另一种迷狂中去，每个星期借口学钢琴去往城里约会。当时，看到这里，我有点鄙视爱玛了，觉得这个人太可气可嫌了，疮口刚刚好，忘性也太大了吧，这么疯狂而不计后果的，简直丢掉了作为一位女性的尊严。

后来，再想，根本不是这样。爱玛心性里的纯真决定了她将每一次恋情都看成了初次。我嫌弃她，是因为我没有她那么纯粹，到底是以世俗的眼光丈量了她而已。

当她搬到那个小镇定居下来。当自己的丈夫吃饱晚餐在炉火边打盹，莱昂陪着她，给她读一本杂志上的文章……这就是差距了。你叫她怎样与这个平庸至极的人共鸣呢？他对于她的爱，根本笼络不了一个具有文艺气质的爱玛的心，他们一开始就不对等。她一直热爱读书，在租书铺常年订阅书籍……灵魂世界里，她想飞，可是没人陪她一起飞，直至遇着了一个年轻人，尚且未被恶俗的生活所浸染的年轻人，朝夕相处中，点点滴滴间，怎能不彼此心动呢？

——道德在小说里根本就是枷锁。我们不谈道德，只谈人性之美。

他们各自克制了自己，那一份隐隐约约的恋慕之情，以莱昂离开小镇重新求学戛然而止。

在经历了与罗多尔夫的癫狂之后，她与莱昂又一次相遇了。爱玛带着一颗纯真的心，还是想着私奔……爱玛的单纯，真是令人心碎。命运将她的美梦，一次次地不厌其烦地碾为齑粉。

她抓砒霜吃，还不起高利贷名誉受损是一个诱因。真正的，爱的无望，以及内心的孤独，才是最大的推手。她在心里过不去了，曾经对自己那么深情蜜意的人，他居在阔大的庄园里，享受着奢华的贵族生活，临了，为何连借"两千法郎"的情义都没有了？爱玛当初可是舍得送他一条昂贵的马鞭呀，用的还是借来的钱。是人世的冰冷，让她吃下的砒霜，她用自己的死去祭奠自己的爱。

这个世上，谁也不曾爱过她，唯有自己的平庸丈夫，可是，他们的爱不对等，他不能懂得她，这种爱就是一种无妄之爱，也是一种负累，是负资产。

陈村的代序非常好。他说：

"古往今来，人的道具在变，而人性和人的困境总是恒一的。洋人和华人说到底也是一样的人。一本好书，只可惜了爱玛的性命。爱玛没有走出去，不是福楼拜不让她走，而是，那种燃烧和欢乐永远是走不出去的。"

所以我说呢——好小说是不能与生活平行的，若用陈希我老师的话讲，就是小说不能与生活苟且。现今的小说，都是在大量复制生活，平庸至极。

好小说，根本就是一个命题，它不能解决问题，但它绝对可以把生活提升若干档次，慢慢地，小说就到了哲学的高度，不遗余力地去呈现人性以及人的困境。

爱玛不过是福楼拜的一个道具，他花了四年多的时间，每天伏案12小时，写出了1800页，到最后定稿时，删至500页，砍掉了1300页，也不知删去了爱玛多少次的梦想与痴狂……

一个女孩给我留言说，她也刚刚看完这部小说，很迷茫。我说：你不要迷茫，好好活。

　　也许，这个女孩跟十三年前的我一样，正在为爱玛哀痛不已，出于对于未知的感情生活的迷茫和怅然吧。十三年前的我同样如此。但，你看生命经验对于一个人该有多么重要——而今，我所迷茫的，并非人类单一的感情生活，而是人的整个命运的困境，就是陈村所说的恒一的困境，也就是"燃烧和欢乐永远是走不出去的"命运。

　　爱玛死后，夏尔终于在她闺房的抽屉里发现她的所有秘密。

　　有一天，夏尔与罗多尔夫偶遇，罗多尔夫邀请夏尔去喝一杯。夏尔对他说：我不怨您，是的，我不怨你了！这是命运的错！

　　罗多尔夫反而觉得夏尔说这样的话，未免失之宽厚，甚至可笑，还有点迂。

　　我不知道福楼拜祭出夏尔这个道具是出于何种考虑。夏尔代表的莫非一种臃肿邋遢不求上进的庸俗之流？还是俗世洪流中一股愚不可及的德行操守？那么莱昂呢，罗多尔夫之流呢，不过是另外的人格卑下没有做人底线的恶魔？

作为纯真的爱玛，她必须受苦，燃烧自己，然后毁掉自己。这就是人类的命运，永远逃脱不了的困境。连庸俗的夏尔都明了——这一切都是命运的错。

这个不求上进的永远不能与爱玛灵魂交叠的男人，终于高蹈了一次，说出了一句闪耀着哲理光芒的句子，真是一种激情蓬勃的反讽。

爱玛一直是孤独的，她一次次幻想着的出走，不就是想找一个灵魂的伴同行吗？你看，人类的困境又来了——我们每个人都走不出自己的孤独，爱玛试图突围，可是临了，还是被绊倒了，甚至还搭上了性命。到末了，她依然死在自己的孤独里。

作为一部十九世纪的小说，它还是这么有生命力，虽然残忍。

我们中国人在戏曲里总是喜欢塑造团圆完美的人生结局——这种东方式的单纯，颇为可贵可喜，艺术家落笔前，总是体恤着，想着给予人慰藉之情……东方式的哲学永远指导人好好地活下去，也是民间所谓的：知苦就苦，不知苦就不苦，让你浑然不觉地冷淡地漠然地活下去。西方的艺术形式偏向于福楼拜式的思考，它可以用来冶炼人的深刻性，让你洞悉身处的困境，永远走不出去的困境，然后呢，也还是要好好活下去的……

　　说到底，东西方的艺术，还是殊途同归的，也见不出谁的更有智慧些。

图书在版编目（CIP）数据

等信来 / 钱红丽著. —上海：上海三联书店，2019.10

ISBN 978-7-5426-6664-2

I.①等… II.①钱… III.①散文集－中国－当代 IV.①I267

中国版本图书馆CIP数据核字(2019)第066833号

等信来

著　者／钱红丽

责任编辑／朱静蔚
特约编辑／李志卿
装帧设计／微言视觉 | 杜宝星　乔　东
监　制／姚　军
责任校对／朱　鑫

出版发行／上海三联书店
　　　　　(200030) 中国上海市徐汇区漕溪北路331号中金国际广场A座6楼
邮购电话／021-22895540
印　刷／山东临沂新华印刷物流集团有限责任公司

版　次／2019年10月第1版
印　次／2019年10月第1次印刷
开　本／787×1092　1/32
字　数／80千字
印　张／5.75
书　号／ISBN 978-7-5426-6664-2 / I·1514
定　价／39.00元

敬启读者，如发现本书有印装质量问题，请与印刷厂联系0539-2925680。